झारखंड के मेले

झारखंड के मेले

संजय कृष्ण

प्र

प्रभात
प्रकाशन

प्रकाशक • **प्रभात प्रकाशन प्रा. लि.**
4/19 आसफ अली रोड,
नई दिल्ली-110002

संस्करण • 2024
मूल्य • पाँच सौ रुपए
मुद्रक • आर-टेक ऑफसेट प्रिंटर्स, दिल्ली

JHARKHAND KE MELE
by Shri Sanjay Krishna ₹ 500.00
Published by Prabhat Prakashan Pvt. Ltd., 4/19 Asaf Ali Road, New Delhi-2
e-mail: prabhatbooks@gmail.com ISBN 978-93-5186-632-9

झारखंड में आय विराजे...

झारखंड 15 नवंबर, 2000 को बिहार से अलग होकर देश का 28वा राज्य बना। यह प्राकृतिक दृष्टि से दो भागों में बँटा है—छोटानागपुर एवं संथाल परगना। इसकी भौगोलिक स्थिति महत्त्वपूर्ण है। यह मध्य भारत के विशाल पठार का पूर्वी भाग है। यह भाग पहाड़ों और जंगलों से आबाद है। पहाड़ों में झरने हैं, कोयला है, खनिज है। इन्हीं के बीच संस्कृति भी परवान चढ़ती है। इन्हीं विशिष्टताओं का नाम झारखंड है।

झारखंड नाम के पीछे कई अवधारणाएँ मिलती हैं। कुछ इसे 'हीरानागपुर' कहते हैं। ऐसे लोगों का कहना है कि यहाँ कभी हीरा पाया जाता था। पहली शताब्दी में यह 'सुतिया नागपुर' व 'सुतिया नागखंड' के नाम से इसलिए जाना गया, क्योंकि नागवंशियों की पहली राजधानी सुतियांबे थी, जो आज बस एक गाँव के रूप में बची है। काशी से लेकर वीरभूम तक सारे पहाड़ी प्रदेश को 'बुकानन झारखंड' कहते थे।

झारखंड का इतिहास वैदिक काल से मिलता है। ऋग्वेद में यह 'कीकट प्रदेश' था तो अथर्ववेद की रचना के समय इसे 'ब्रात्य प्रदेश' कहा गया। वैदिक साहित्य में इस क्षेत्र को 'करू' कहा गया। महाभारत में मगध साम्राज्य के दक्षिणी भाग को 'कीकट' कहा गया है। मनु संहिता में भी झारखंड की विशेषता का उल्लेख मिलता है—

अयः पात्रो पयः पानम् शाल पत्रो च भोजनम्।
शयनम् खर्जुरी पात्रो झारखंड विधीयते।

अर्थात् झारखंडवासी धातु के बरतन में पानी पीते हैं और शाल के पत्तों पर भोजन करते हैं, खजूर की चटाई पर सोते हैं। मौर्य काल में इसे 'अटवी' कहा गया है।

एक और अवधारणा मिलती है। देवघर से पुरी तक की छोटी-छोटी पहाड़ियों की एक लंबी शृंखला है, जिसे बौद्ध काल में झारखंड कहा जाता था। देवघर में शिव को झारखंडी महादेव भी कहते हैं। इस कारण भी इसे झारखंड कहा गया। जंगल-झाड़ के कारण भी इसे झारखंड कहा गया। शम्स-ए-शिराज अफीक, सलीमुल्ला और गुलाम हुसैन आदि लेखकों ने अपने ग्रंथ में झारखंड शब्द का प्रयोग किया है। कबीर के एक पद में भी झारखंड शब्द मिलता है—

कब से छोड़ी मथुरा नगरी, कब से छोड़ी कासी,
झारखंड में आय विराजे, वृंदावन के वासी।

कबीर के अलावा सूफी कवि मलिक मोहम्मद जायसी ने भी झारखंड शब्द का प्रयोग किया है—

दक्खिन **दहिने रहै तिलंगा, उत्तर मांझा होय करह कटंगा, मांझ रतनपुर सोह दुआरा, झारखंड में बायं पहारा!**

'चैतन्य चरितामृत' में उल्लेख मिलता है—

मथुरा **यावार छने आसि झारिखंड''भिल्ल प्राय लोक ताहे परम पाखंड''वन देखि भ्रम है एई वृंदावन शैल देखि मने एई गोवर्धन''झारखंडे स्थावर जंगम आछे यत।**

चौथी शताब्दी में नागवंशियों की राजधानी चुटिया थी। तब इसे चुटिया नागपुर कहा जाने लगा। 10वीं शताब्दी में नागवंशियों ने अपनी राजधानी खुखरा में स्थापित कर ली। इसी कारण से सल्तनत और मुगल काल में यह 'खोखरा', 'कोकरा' और 'झारखंड' कहा जाने लगा। जब अंग्रेजों ने इस अंचल में प्रवेश किया, तब चुटिया नागपुर का नाम बदल

गया और यह 'छोटानागपुर' हो गया।

मुगलकाल के दस्तावेजों में झारखंड की ऐतिहासिक पहचान के प्रमाण मिलते हैं। इंपीरियल गजेटियर ऑफ इंडिया में झारखंड की भौगोलिक पहचान इस प्रकार की गई है—'छोटानागपुर इंक्लूडिंग द ट्रिब्यूटरी स्टेट्स ऑफ छोटानागपुर ऐंड उड़ीसा इज काल्ड झारखंड इन द 'अकबरनामा'। झारखंड का उल्लेख 12वीं शताब्दी के नरसिंह देव (गंगराज के राजा) के शिलालेख में भी मिलता है। यह दक्षिण उड़ीसा में मिला है। उसमें दक्षिण झारखंड का उल्लेख है यानी उस वक्त उत्तर झारखंड की भी पहचान थी, जो उड़ीसा के पश्चिमी पहाड़ी जंगल क्षेत्रों से लेकर आज के छोटानागपुर, संथालपरगना, मध्य प्रदेश व उत्तर प्रदेश के पूर्वी भागों तक फैला हुआ था।

उड़ीसा के पश्चिमी क्षेत्रों के राजाओं को झारखंडी राजा कहा जाता था। 15वीं सदी के अंत में एक बहमनी सुलतान ने झारखंड सुलतान या झारखंडी शाह की पदवी ग्रहण की थी। इसका अर्थ यह है कि उस वक्त मध्य प्रदेश के जंगलों को भी झारखंड के नाम से जाना जाता था। झारखंड से होकर अनेक रास्ते उड़ीसा, मध्य प्रदेश और उत्तर प्रदेश जाते थे। उन मार्गों से सेना, व्यापारी और तीर्थ यात्री गुजरते थे। 'चैतन्य चरितामृत' में उसका वर्णन मिलता है। कुछ इतिहासकारों का यह भी मानना है कि शेरशाह की चेरों से जो लड़ाई हुई थी, वह झारखंड के मार्ग को लेकर थी, जो पूर्वी भारत को पश्चिम भारत से जोड़ता था।

मध्यकाल के बाद का इतिहास बताता है कि उस दौरान ही झारखंड की अवधारणा एक क्षेत्र विशेष के रूप में सिकुड़ने लगी। पंचेत से लेकर राजमहल तक का क्षेत्र झारखंड के नाम से जाना जाने लगा। उसमें रोहतास के किले से राजमहल के गंगा किनारे तक का क्षेत्र भी शामिल था।

स्वामी सहजानंद सरस्वती ने हजारीबाग जेल में सजा काटी। सजा के दौरान उन्होंने यहाँ किसानों की दुर्दशा को केंद्र में रखकर 'झारखंड

के किसान' लिखा। यह सन् 1941 की बात है। तब न आजादी मिली थी, न झारखंड बना था। कहने का तात्पर्य यही कि लोगों के मन में झारखंड शब्द ही प्रचलित और लोकप्रिय रहा है।

इन नामों और अतीत के लेखों-शिलालेखों से जाहिर है, झारखंड कभी अबूझ नहीं रहा है। लोगों के लिए यह प्रदेश जाना-पहचाना था। यह इस बात से भी जाहिर होता है कि बौद्ध और जैन धर्म; दोनों का इस प्रदेश से नाता रहा है। बुद्ध और बौद्ध धर्म की स्मृतियाँ झारखंड में बिखरी पड़ी हैं। जैन धर्म के 24 में से 20 तीर्थंकरों ने यहीं झारखंड में निर्वाण प्राप्त किया। उनका सबसे बड़ा तीर्थ स्थल सम्मेद शिखर गिरिडीह जिले में है। बुद्ध से जुड़े ईंटखोरी, पलामू और गोड्डा जिले के बेलनीगढ़ में कई स्मृतियाँ और पुरातात्विक महत्त्व की चीजें मिलती हैं।

चार हजार से तीन हजार वर्ष ईसा पूर्व यहाँ ताँबे की खोज कर ली गई थी। तीन हजार से दो हजार वर्ष पूर्व यहाँ कांस्य युग पाया गया है। दो हजार से एक हजार वर्ष पूर्व यहाँ लौह युग था। लोहे और ताँबे को गलाने और उससे सामान बनाने की कला यहाँ के लोग जानते थे। जैनी ताँबे गलाने की कला में निपुण थे और असुर लोहा गलाने में। गुमला के टांगीनाथ का विशाल त्रिशूल इस्पात का बना हुआ है। यह इस बात का भी द्योतक है कि यहाँ के लोग इस्पात बनाना जानते थे।

एक और बात। झारखंड में पाषाण काल तक के अवशेष मिलते हैं। प्राचीन गुफा चित्र भी मिलते हैं। पत्थर के औजार भी यहाँ मिले हैं। अभी तक झारखंड में विधिवत् खुदाई नहीं हुई है। समय-समय पर कुछ काम हुए हैं, लेकिन उसे पर्याप्त नहीं कहा जा सकता। इसलिए यहाँ का इतिहास भी अभी जमींदोज है। फिर भी जो साक्ष्य मिले हैं, उनसे यहाँ की धरती की कुछ कहानी के सूत्र मिलते हैं। यह भी कि यह भूमि कभी वीरान नहीं रही।

इस धरती के दो सबसे प्राचीन निवासी हैं—पहाड़िया और असुर।

इनके आने का कोई ऐतिहासिक सूत्र अभी तक नहीं मिला है। दूसरी ओर, यह ज्ञात इतिहास है कि ईसा पूर्व छठवीं शताब्दी में मुंडाओं ने यहाँ कदम रखा। इनके बहुत साल बाद मुगलकाल में उराँवों ने। यहाँ की ये दो प्रमुख जनजातियाँ हैं और दो अलग-अलग गोत्रों और दो भाषा परिवारों की। राज्य में 32 जनजातियाँ अभी तक चिह्नित हैं। मुंडा, मुंडारी बोलते हैं, जो मुंडा परिवार की भाषा है और उराँव कुड़ुख बोलते हैं, जो द्रविड़ भाषा परिवार की है। मुंडा परिवार की संथाली, हो, खड़िया, भूमिज, असुरी, बिरहोरी भी बोली जाती है। द्रविड़ परिवार की कुड़ुख-मलतो को बोलने वाले भी यहाँ हैं। शेष यहाँ भारोपीय भाषा परिवार की भाषा भी बोलने वाले हैं। हिंदी, नागपुरी, खोरठा, कुरमाली, पंच परगनियाँ इसी परिवार से संबंध रखती हैं। एक तरह से हम झारखंड को भाषाओं का मेला भी कह सकते हैं, जहाँ दुनिया की सबसे प्राचीन भाषाओं को बोलने वाले हैं। इस तरह देखें तो झारखंड की धरती ही प्राचीन नहीं है, बल्कि यहाँ रहनेवालों का संबंध भी अज्ञात इतिहास तक जाता है।

वैसे, मध्यकाल और मुगलकाल में कुछ राजा-रजवाड़े मिलने लगते हैं। झारखंड का छोटानागपुर सबसे प्राचीन माना जाता है। छोटानागपुर में नागवंशी राजाओं का शासन ईसा सन् 64 से माना जाता है। यह राजवंश भी अब समाप्त हो गया। हाल में इकलौते और निस्संतान राजकुमार की मौत हो गई। इससे यह सन् 64 से चला आ रहा वंश समाप्त हो गया। फिर भी पंद्रहवीं शताब्दी में पलामू में राजवंश का उदय हुआ। सिंहभूम में सिंहवंशी बड़े राजाओं में शुमार हुए। इनके अंतर्गत छोटी-छोटी कई रियासतें थीं। अंग्रेजों के आने के बाद स्थितियाँ बदलने लगीं और जल, जंगल, जमीन की लड़ाइयाँ तेज होने लगीं। ये लड़ाइयाँ आदिवासी और सदानों ने मिलकर लड़ीं और अंग्रेजों को समझौते पर मजबूर किया। मुगलकाल के बाद और अंग्रेजों के समय से झारखंड में सत्ता-संघर्ष तेज होने लगा। इसके बाद के इतिहास से तो हम सब परिचित हैं।

जोहार

झारखंड की विविधतापूर्ण संस्कृति को देखना हो तो यहाँ के मेले इसके सबसे अच्छे उदाहरण हो सकते हैं। इन मेलों में हम झारखंड की पुरातन और अधुनातन संस्कृति, समाज और उनके कार्य-व्यापार को देख-समझ सकते हैं। हम देख सकते हैं उनकी पारंपरिक व्यवस्था, उनके खान-पान, जीवन-शैली, रीति-रिवाज, नृत्य-गीत, हरवा-हथियार, ढोल, मांदर, तुरही, भेर। झारखंड में मेला अब भी जीवित और जीवंत है। यहाँ देखें तो हर प्रखंड में कोई-न-कोई ऐतिहासिक मेला लगता ही है। अवसर विशेष पर भी यहाँ बहुत से मेले लगते हैं। मकर संक्रांति पर पूरे झारखंड में कहीं-न-कहीं नदी या गरम कुंड के किनारे मेला लगता है। इसी तरह शिव भूमि होने के कारण सावन और शिवरात्रि के अवसरों पर भी यहाँ मेले लगते हैं। देवघर का बैजनाथधाम का मेला तो अंतरराष्ट्रीय ख्यातिप्राप्त है। इसी तरह झारखंड के जीवन में रचे-बसे पर्व-त्योहारों के अवसरों पर भी मेलों का आयोजन होता है। टुसू पर्व, मंडा पर्व ऐसे ही पर्व हैं, जिन अवसरों पर मेला लगता है। कुछ मेले तो दो हजार साल से लगते आ रहे हैं।

दरअसल, मेले यहाँ का सांस्कृतिक उपजीव्य हैं, पहचान हैं। यहाँ 32 जनजातियाँ हैं। सदान, मुसलमान, सिख और एक बड़ी आबादी आदिवासी-ईसाइयों की है। जैन और बौद्ध भी हैं। मेला सबको जोड़ देता है। मेले की यही खासियत है। मेले के हजार रंगों की तरह यहाँ के जीवन में भी हजार रंग दिखाई देते हैं। नृत्य-गीत-संगीत की मस्ती यहाँ हमेशा

गुंजित होती रहती है। तमाम आधुनिकताओं के बावजूद आदिवासी आज भी अपनी जड़ और संस्कृति से जुड़े हुए हैं। मॉल कल्चर के बावजूद यहाँ आज भी हाट-बाजार लग रहे हैं। ऐसा नहीं कि अपनी भौगोलिक बनावट के कारण ही दूर-दराज और पहाड़ी क्षेत्रों में ही हाट-बाजार लगते हैं। ठीक शहर के अंदर और शहर के सीमांत पर भी यहाँ हाट-बाजार जीवित हैं। ऐसा अपने झारखंड में ही है। खान-खनिज और अपार संपदा के साथ ही झारखंड एक समृद्ध और प्राचीन संस्कृति का संवाहक भी है। जब आप इन मेलों के बारे में जानेंगे तो इस बात की सचाई से भी रूबरू होंगे।

पाठकों की सुविधा के लिए झारखंड के मेले को प्रमंडलवार बाँट दिया गया है। झारखंड में पाँच प्रमंडल हैं। इनमें दक्षिणी छोटानागपुर के अंतर्गत राँची, लोहरदगा, खूँटी, गुमला, सिमडेगा जिले आते हैं। उत्तरी छोटानागपुर के अंतर्गत चतरा, कोडरमा, गिरिडीह, धनबाद, बोकारो, हजारीबाग, रामगढ़, पलामू प्रमंडल के अंतर्गत तीन जिले, जो कभी इसके अंश थे, गढ़वा, लातेहार, पलामू, संथाल परगना के अंतर्गत देवघर, गोड्डा, पाकुड़, दुमका, जामताड़ा, साहिबगंज व कोल्हान के अंतर्गत पश्चिमी सिंहभूम, पूर्वी सिंहभूम एवं सरायकेला-खरसांवा जिले आते हैं। इनका एक संक्षिप्त इतिहास भी दे दिया गया है।

इन प्रमंडलों का व्यक्तित्व और चरित्र एक-दूसरे से भिन्न है, लेकिन उनके मेले और उनकी संस्कृतियाँ अभिन्न हैं। यही इस प्रदेश की खासियत है। पुस्तक में दरगाहों पर लगने वाले प्रमुख मेलों का भी उल्लेख एक अलग अध्याय में किया गया है। वैसे तो यहाँ सिख समुदाय भी अब बैशाखी पर मेले का आयोजन करने लगा है। उसी तरह बंगाली समुदाय भी बाँग्ला सांस्कृतिक मेले का आयोजन कर रहा है। इन मेलों से गुजरते हुए हम झारखंड के इतिहास से भी रू-ब-रू होने लगते हैं। इस तरह के दुर्लभ मेले दूसरे प्रदेशों में शायद ही होते हों, जिनसे उनका इतिहास भी जुड़ा हो।

खैर, पुस्तक के लेखन में पत्र-पत्रिकाओं के साथ-साथ 'गूगल बाबा' और काफी लोगों का सहयोग रहा, जिनमें सर्वश्री डॉ. गिरिधारी राम गौंझू, डॉ. बी.पी. केशरी, अश्विनी कुमार पंकज, दुमका के अशोक सिंह, बोकारो के कवि-कथाकार शिरोमणि महतो, मनोज बजाज, इंदुजी के नाम विशेष उल्लेखनीय है। इन लोगों के प्रति हार्दिक आभार और उनके प्रति भी, जिनके जाने-अनजाने ज्ञान का उपयोग इस पुस्तक के लेखन के क्रम में किया गया है।

21 जून, 2015, राँची

—संजय कृष्ण

झारखंड एक नजर में

स्थापना	: 15 नवंबर, 2000
राजधानी	: राँची
उपराजधानी	: दुमका
जिलों की संख्या	: 24
जिलों के नाम	: राँची, खूंटी, रामगढ़, हजारीबाग, लोहरदगा, गुमला, सिमडेगा, कोडरमा, चतरा, गढ़वा, पलामू, लातेहार, गिरिडीह, बोकारो, धनबाद, दुमका, जामताड़ा, गोड्डा, देवघर, पाकुड़, साहिबगंज, पूर्वी सिंहभूम, पश्चिमी सिंहभूम, सरायकेला-खरसांवा।
बड़ा शहर	: राँची, जमशेदपुर, धनबाद
राज्यपाल	: श्रीमती द्रोपदी मुर्मू
मुख्यमंत्री	: श्री रघुवर दास
विधानसभा सीटों की संख्या	: 81
लोकसभा सीटों की संख्या	: 14
राज्यसभा सीटों की संख्या	: 6
उच्च न्यायालय	: राँची
राजकीय पशु	: हाथी

राजकीय वृक्ष	: साल
राजकीय पक्षी	: कोयल
राजकीय फूल	: पलाश
जनसंख्या	: 3,29,66,238
पुरुष	: 1,69,31,688
महिला	: 1,60,34,550
आबादी का घनत्व	: 414 व्यक्ति प्रति वर्ग किलोमीटर
मुख्य भाषा	: हिंदी व अंग्रेजी, नागपुरी, पंचपरगनिया, खोरठा, कुरमाली, मुंडारी, संथाली, हो, खड़िया, असुरी, भूमिज, बिरहोरी, कुड़ुख, गोंडी आदि।
प्रमंडल	: पाँच
प्रमंडलों के नाम	: उत्तरी छोटानागपुर, दक्षिणी छोटानागपुर, संथाल परगना, पलामू एवं कोल्हान।
दक्षिणी छोटानागपुर	: राँची, लोहरदगा, खूँटी, गुमला, सिमडेगा।
उत्तरी छोटानागपुर	: चतरा, कोडरमा, गिरिडीह, धनबाद, बोकारो, हजारीबाग, रामगढ़।
पलामू	: गढ़वा, लातेहार, पलामू।
संथाल परगना	: देवघर, गोड्डा, पाकुड़, दुमका, जामताड़ा, साहिबगंज।
कोल्हान	: पश्चिमी सिंहभूम, पूर्वी सिंहभूम, सरायकेला-खरसांवा।
अनुमंडल	: 38
प्रखंड	: 260
गाँवों की संख्या	: 32,615

विद्युतीकृत गाँवों की संख्या	: 14,667
सड़क मार्ग से जुड़े गाँव	: 8,484
राष्ट्रीय राजमार्ग	: 1,006 कि.मी.
राज्य पथ	: 4,662 कि.मी.
स्वास्थ्य केंद्र	: 506
विश्वविद्यालय एवं समकक्ष संस्थानों की संख्या	: 9
प्राथमिक विद्यालय	: 19,449
उच्च विद्यालय	: 1,235
मध्य विद्यालय	: 4,055
महाविद्यालय	: 123
भौगोलिक क्षेत्र	: 79,70 लाख हेक्टेयर
सिंचित भूमि	: 38.00 लाख हेक्टेयर
जंगल	: संपूर्ण क्षेत्र का 29 प्रतिशत
प्रमुख नदियाँ	: स्वर्णरेखा, सोन, बराकर, दामोदर, अजय, दक्षिणी कोयल, उत्तरी कोयल, शंख, ब्राह्मणी, बंसोली, गुमानी, सकरी, पंचानन, फल्गु, गंगा, तजना, देवनदी, कारो, बनइनदी, चेंगइरजोर आदि।
सीमाएँ	: उत्तर में बिहार, पश्चिम में उत्तर प्रदेश एवं छत्तीसगढ़, दक्षिण में ओडिशा व पूर्व में पश्चिम बंगाल।

अनुक्रम

मेला हमारी पहचान

'मेला' शब्द से हम सब परिचित हैं। मेले का जिक्र आते ही हमें अपने आसपास लगनेवाले मेलों की याद आने लगती है। कुंभ मेले की याद आना भी स्वाभाविक है, जो हर 12 साल और छह साल पर देश के अलग-अलग स्थानों प्रयाग, हरिद्वार, उज्जैन और नासिक में लगता है। इसी तरह राजस्थान का पुष्कर मेला भी काफी लोकप्रिय है और इसे देश से ही नहीं, विदेश से भी लोग देखने आते हैं। बिहार का सोनपुर मेला, हरियाणा का सूरजकुंड मेला अब ऐतिहासिक रूप धारण कर चुके हैं। कहना न होगा कि इन मेलों की अपनी विशिष्टता है और पहचान भी।

झारखंड में भी काफी मेले लगते हैं। कहीं-कहीं इसे 'जतरा' भी

कहते हैं। मेले झारखंड के जन-जीवन में रचे-बसे हैं। इसके बिना झारखंड की कल्पना नहीं की जा सकती। झारखंड की जीवंतता यहाँ दिखाई देती है। अलग-अलग संस्कृति, बोली-बानी, पहनावा, नृत्य-संगीत, मांदर-बाँसुरी, झाल-करताल, सबकुछ सुनाई देता है। गोलगप्पे, कुलफी, रंग-बिरंगी चूड़ियाँ, गुड्डे-गुड़ियों का खेल, नाचता बंदर, भविष्य बताने वाला पोपट, बड़े-बड़े झूले और चारों तरफ खुशियों का संसार। आज का समय बदल गया है, लेकिन मेलों की रंगत में बहुत बदलाव नहीं आया है। मेला हमारे जीवन में इसलिए दाखिल होता है कि कुछ दिन हम सारे दु:ख-तकलीफों को भूलकर खुशियों के साथ नाचें-गाएँ। एक-दूसरे से मिलें। नाते-रिश्तेदारों से यादें ताजा करें। कुछ अपनी कहें, कुछ उनकी सुनें। सुख-दु:ख बोलें और बतियाएँ। मेला; मतलब मिलने की जगह।

झारखंड में मेलों की परंपरा काफी पुरानी है। यहाँ कुछ ऐसे मेले हैं, जो दो हजार साल से लग रहे हैं। कुछ मेलों की शुरुआत मध्यकाल में हुई, जो आज भी जारी है। देवघर का श्रावणी मेला यहाँ सबसे लंबा चलने वाला मेला है, जहाँ देश और दुनियाभर के लोग आते हैं। पूरे एक महीने तक 120 कि.मी. का श्रावणी पथ गुलजार रहता है। कुंभ के बाद इसी का स्थान है। इसके बाद दस या आठ दिनों तक चलने वाले यहाँ काफी मेले हैं। राँची में ही जगन्नाथ रथयात्रा के दौरान दस दिनों तक मेला लगता है। यह मेला भी काफी पुराना और ऐतिहासिक है। पूरे झारखंड से लोग इस मेले में आते हैं और अपनी जरूरत के सामान खरीदते हैं। इसी तरह राँची का ही मुड़मा मेला दो दिनों तक लगता है, जो काफी लोकप्रिय है। इसकी अपनी संस्कृति है और इतिहास भी। उराँव और मुंडा के आपसी समझौते की याद दिलाता है। यह मेला राँची के पास ही सुतियांबे का ईंद जतरा तो दो हजार साल से लग रहा है। बहुत से मेले किन्हीं वस्तुओं या जानवरों की खरीद-बिक्री के लिए लगा करते हैं। कुछ मेले पूजा-पाठ एवं देवी-देवताओं के दर्शन के लिए लगते हैं।

मेले का अपना सांस्कृतिक और आर्थिक पक्ष तो है ही, धार्मिक भी कम नहीं। मेले में हम कई संस्कृतियों को देख सकते हैं। मेला हमारी सामूहिक जीवन शैली को भी दरशाता है। यह सामूहिक प्रयास का प्रतिफलन है। मेले में जाति-धर्म-संस्कृति के बंधन शिथिल हो जाते हैं। यहाँ अगहन-पूस माह से लेकर माघ-फागुन तक के बीच प्राय: सभी गाँव-कस्बों-पंचायतों में छोटे-बड़े मेलों का आयोजन होता है।

मेलों के चरित्र को देखें तो इन्हें कई वर्गों में विभाजित कर सकते हैं—धार्मिक मेला, ऐतिहासिक मेला, सांस्कृतिक मेला और अवसर विशेष पर लगने वाला मेला।

धार्मिक मेले : धर्म हर मनुष्य के जीवन से जुड़ा है। धर्म से ही मनुष्य नियंत्रित होता है। हर जाति, समाज के अपने रीति-रिवाज और परंपराएँ हैं। इसकी झलक मेलों में दिखाई देती है। यहाँ लगने वाले अधिकांश मेलों को हम धार्मिक कह सकते हैं। मकर संक्रांति, शिवरात्रि, कार्तिक पूर्णिमा, माघ मेला, सावन में लगने वाले मेलों का चरित्र धार्मिक है। नवरात्र के मौके पर भी मेले लगते हैं। पूरे झारखंड में इन अवसरों पर मेलों का आयोजन होता है। कहीं दो दिन, कहीं सात दिन और कहीं एक महना। चूँकि झारखंड शिव की भूमि है, शैव मतावलंबी ज्यादा हैं, इसलिए शिवरात्रि के मौके पर टांगीनाथ, रामरेखा धाम में मेले लगते हैं। छोटानागपुर से लेकर संथाल परगना तक; हर कहीं इन अवसरों पर मेले देखे सकते हैं।

सामाजिक-सांस्कृतिक मेले : झारखंड में सांस्कृतिक और सामाजिक मेलों का भी एक लंबा सिलसिला दिखाई देता है। इस प्रकार के मेले दिसंबर से लेकर मार्च तक लगते हैं। इस तरह के मेलों में सबकी भागीदारी होती है। मेला क्षेत्र के आसपास के गाँव के विभिन्न समुदाय, जाति, संप्रदाय के लोग शिरकत करते हैं। झारखंड में मकर संक्रांति के अवसर पर लगने वाला मेला, सिमडेगा के रामरेखा धाम में लगने वाला मेला,

पलामू में लगने वाला मेला, संथाल परगना में तातलोई, नुनबिल, हाटगम्हरिया, देवघर का तपोवन मेला, निर्झर मेला को इसी श्रेणी में रख सकते हैं। इस तरह के मेलों में गीत, नृत्य, संगीत और विभिन्न प्रकार के पारंपरिक खेल तमाशों, मुरगों की लड़ाई आदि देख सकते हैं।

ऐतिहासिक मेले : इस प्रकार के मेले की भी एक परंपरा झारखंड में दिखाई पड़ती है। राँची का मुड़मा मेला या ईंद जतरा, साहिबगंज के भोगनाडीह में हर साल 30 जून को लगनेवाला 'हुल दिवस मेला' इसी

श्रेणी के हैं। इन मेलों के जरिए कई तरह के इतिहास की जानकारी मिलती है। मुड़मा मेला मुंडा और उराँव के समझौते के प्रतीक का मेला है। 'ईंद' इंद्र से जुड़ा शब्द है। ईंद मेला की शुरुआत नागवंशी शासनकाल से जुड़ी हुई है। इसका आरंभ सुतियांबेगढ़ से हुआ। सुतियांबेगढ़ से ही नागवंशी शासन काल का उद्‌भव हुआ और मेले की शुरुआत भी साथ-साथ हुई। इसलिए इस मेले का ऐतिहासिक महत्त्व भी है। हुल दिवस पर लगने वाला मेला भी इतिहास की एक कड़ी से साक्षात्कार कराता है।

अवसर विशेष पर लगने वाले मेले : झारखंड में कई ऐसे अवसर आते हैं, जब मेलों का आयोजन होता है। इसमें सरकार द्वारा आयोजित

मेले भी हैं। लोन मेला, पुस्तक मेला, बाल मेला, स्वास्थ्य मेला, विकास मेला आदि मेले इसी श्रेणी में आते हैं। इसी तरह अब सरायकेला-खरसांवा में होने वाले छऊ महोत्सव में भी स्वदेशी मेले का आयोजन किया जाने लगा है। राँची का सरस एवं खादी मेला 15 दिनों तक चलता है। यह मेला भी राँची की एक पहचान से जुड़ गया है। ईटखोरी महोत्सव भी 2015 से शुरू हो गया है। यहाँ भी एक अलग तरह के मेले का आयोजन होता है। चतरा जिले का यह क्षेत्र बुद्ध से जुड़ा है।

आदिवासी मेले : झारखंड में आदिवासी मेले भी खूब लगते हैं। हालाँकि इनके मेलों में भी हर समुदाय के लोग शिरकत करते हैं। मेलों की यही तो विशेषता है। चाहे मुड़मा मेला हो, मागे पर्व हो, हिजला मेला हो या कोई और। हम एक भरी-पूरी संस्कृति और उसकी विरासत से रू-ब-रू होते हैं।

पर्यटन की संभावनाएँ : राज्य सरकार को यहाँ के मेले में भी पर्यटन तलाशने चाहिए। इसमें अपार संभावनाएँ हैं। राँची में लगने वाला विशाल जगन्नाथ मेला, मुड़मा मेला, संथाल परगना का हिजला मेला, चतरा का ईटखोरी महोत्सव, देवघर का सावन मेला, माघ मेला आदि ऐसे बड़े-बड़े मेलों का आयोजन होता है। कुछ को सरकार ने राजकीय मेला भी घोषित कर दिया है। ऐसे मेलों को और व्यवस्थित रूप देकर बाहर के पर्यटकों को भी आकर्षित कर सकते हैं। इससे राजस्व की भी प्राप्ति होगी और स्थानीय स्तर पर रोजगार का भी सृजन होगा।

इस तरह देखें तो झारखंड के मेलों की एक खास पहचान है; जातीय भी सांस्कृतिक भी, जहाँ हम गीत-संगीत के साथ विनिमय करते हैं। अपनी जरूरत की चीजें खरीदतें हैं। एक-दूसरे से मिलते हैं, एक-दूसरे की संस्कृति और पहचान से जुड़ते हैं। हर मेले की अपनी जातीय पहचान और विशेषता है। उसे नजरअंदाज नहीं कर सकते। मेले मिलन के स्थल भी हैं। शादी-विवाह के रिश्ते भी यहाँ तय होते हैं। एक-दूसरे

का चुनाव भी करते हैं। सहिया जोड़ते हैं। इस तरह मेला कई व्यापक आयाम समेटे हुए होता है। आज भले आधुनिकता का रंग चढ़ रहा हो, फिर भी हम मेले में उस प्राचीनता को महसूस कर सकते हैं, उसके मूल्य को समझ सकते हैं, जिसने इसकी नींव डाली होगी!

□

हीरा नागपुर

सन् 1834 से पहले राँची का अस्तित्व था या नहीं, कहना मुश्किल है; लेकिन चुटिया था। राँची शहर पहले 'चुटिया' के नाम से मशहूर था। चुटिया नागवंशी राजाओं की राजधानी रही थी। अब एक मुहल्ला भर रह गया है। सबसे घनी आबादी और प्राचीन मुहल्ला यही है। इसी के पास राँची रेलवे स्टेशन है। चुटिया और नागवंशी राजाओं के कारण इसे छोटानागपुर कहा गया। यह अंग्रेजों ने अपनी सुविधा के लिए किया। पहले से ही महाराष्ट्र में एक नागपुर था। इसलिए इसे छोटानागपुर कहा जाने लगा। राँची का पूरा इलाका ही तब लोहरदगा जिले में समाहित था, लेकिन अंग्रेजों को शासन चलाने में काफी दिक्कत होती थी। सो, उन्होंने राँची को अपना केंद्र बनाया। यहाँ से शासन करना उनके लिए आसान था। राँची चारों तरफ से पहाड़ों से घिरा है और काफी ऊँचाई पर भी बसा है।

प्रशासनिक दृष्टि से छोटानागपुर को दो भागों में बाँट दिया गया। एक दक्षिणी छोटानागपुर प्रमंडल और दूसरा उत्तरी छोटानागपुर प्रमंडल। दक्षिणी छोटानागपुर प्रमंडल में राँची जिले से ही समय-समय पर अलग हुए जिलों लोहरदगा, खूँटी, गुमला, सिमडेगा को शामिल किया है। वहीं, उत्तरी छोटानागपुर में भी हजारीबाग के ही समय-समय पर अलग हुए जिले समाहित हैं। इसमें चतरा, कोडरमा, गिरिडीह, धनबाद, बोकारो, हजारीबाग, रामगढ़ शामिल हैं। पहले ये छोटानागपुर के नाम से ही जाने जाते थे।

सन् 1895 में मिशन इंस्पेक्टर काउश व मिशनरी एफ.हान ने एक

मोनोग्राफ जर्मन के गॉथिक लिपि में लिखा था—उन्नीसवीं सदी का आँखों देखा चुटियानागपुर (1845 से 1895 तक)। उस समय यह चुटिया नागपुर कहलाता था।

पुस्तक में उल्लेख है कि चुटिया नागपुर राजनीतिक दृष्टि से पाँच जिलों, आठ सब डिवीजन और नौ कचहरियों में बँटा था। लोहरदगा को उस समय खास चुटियानगर कहा जाता था। इसके अलावा अन्य जिले थे हजारीबाग, पलामू, मानभूम, सिंहभूम। हालाँकि कुछ लोग बताते हैं कि पलामू सन् 1892 तक लोहरदगा सदर के अंतर्गत था। मार्च,1899 तक लोहरदगा एक जिले के रूप में था। बाद में इसे राँची में मिला दिया गया और फिर 17 मई, 1983 को फिर जिला बना दिया गया।

लोहरदगा एक प्राचीन व्यापारिक केंद्र भी था। फिर अंग्रेजों ने भी इसे अपना प्रशासनिक केंद्र बनाया। यहाँ दूर-दूर से व्यापारी आते थे—सरगुजा, जशपुर, चतरा, पलामू और न जाने कहाँ-कहाँ से। इसके नाम के पीछे भी सभ्यता की झलक देख सकते हैं। लोहरदगा यानी जहाँ लोहा गलाया जाता हो। असुर इस अंचल में फैले हुए थे, जो लोहा गलाने में निपुण थे। हालाँकि

कुछ लोग इसे मुंडारी शब्द बताते हैं। उनका कहना है कि मुंडारी भाषा में लोहरदगा का नामकरण 'लोर-अ-दगा' के रूप में किया गया है, जिसका शाब्दिक अर्थ है—'नदी के किनारे का गाँव'। नदी के किनारे के इस गाँव (लोहरदगा) का उल्लेख जैन साहित्यों में भी बिहार के उन स्थानों के साथ मिलता है, जहाँ भगवान् महावीर ने पदार्पण किया था। तब इसका नाम 'लोहग्गल' के रूप में मिलता है। 'आइने अकबरी' में इसे 'किस्मते-लोहरदगा' के नाम से पुकारा गया है।

डॉ. जगदीश चंद्र जैन का कहना है कि जैन धर्म के 24वें तीर्थंकर भगवान् महावीर ने अपने समय में पधारकर लोहरदगा की भूमि को पवित्र किया था, लेकिन राँची के प्रशासनिक केंद्र बनने से लोहरदगा का वह प्राचीन गौरव जाता रहा और बाद में तो उसे राँची के अधीन कर दिया और फिर लंबे समय बाद उसे फिर से जिला बनाकर राँची से अलग कर दिया गया। राज्य गठन के बाद राँची को राजधानी बना दिया तो तरक्की होना स्वाभाविक है। वैसे प्रकृति ने भी राँची पर खुलकर अपना प्यार लुटाया है। अंग्रेजों ने भी इसे हिल स्टेशन बनाने में कोई कोर-कसर नहीं छोड़ी। अंग्रेजों का ध्यान जाने के बाद भद्र बंगालियों ने भी अपनी-अपनी कोठियाँ यहाँ बनवा डालीं। गरमी में उनका समय यहीं व्यतीत होता था। राँची शहर के चारों तरफ पहाड़ हैं और जिधर निकल जाइए, झरने जरूर मिल जाएँगे।

खैर, राँची से जब लोहरदगा अलग हुआ तो कुछ दिन बाद 28 मई, सन् 1983 को गुमला अनुमंडल को भी राँची से अलग कर जिला बना दिया गया। गुमला बना तो सिमडेगा भी उसका एक अनुमंडल बन गया, जिसे सन् 2001 में गुमला से अलग कर जिला बना दिया गया। छह साल बाद राँची को और छोटा कर दिया गया और 12 सितंबर को राँची के एक अनुमंडल खूँटी को भी अलग कर सन् 2007 में जिला बना दिया गया। यही दक्षिणी छोटानागपुर की छोटी कहानी है, लेकिन सांस्कृतिक कहानी बहुत बड़ी है। असुर-मुंडा-उराँव जनजातियों का यह इलाका केंद्र रहा है।

असुर ने इसी धरती पर लोहा गलाने की तकनीक विकसित की। इस धरती के सबसे प्राचीनवासी यही हैं। हजारों सालों से झारखंड में रहते आए हैं। मुंडा जनजाति समुदाय की लोकगाथा 'सोसोबोंगा' में असुरों का उल्लेख मिलता है, जब मुंडा 600 ई.पू. झारखंड आए थे। असुर जनजाति प्रोटो-आस्ट्रेलाइड समूह के अंतर्गत आती है। ऋग्वेद तथा ब्राह्मण, आरण्यक, उपनिषद्, महाभारत आदि ग्रंथों में 'असुर' शब्द का अनेकानेक स्थानों पर उल्लेख मिलता है।

बनर्जी एवं शास्त्री (सन् 1926) ने असुरों की वीरता का वर्णन करते हुए लिखा है कि वे पूर्ववैदिक काल से वैदिक काल तक अत्यंत शक्तिशाली समुदाय के रूप में प्रतिष्ठित थे। मजूमदार (सन् 1926) का मानना है कि असुर साम्राज्य का अंत आर्यों के साथ संघर्ष में हो गया। प्रागैतिहासिक संदर्भ में असुरों की चर्चा करते हुए बनर्जी एवं शास्त्री ने इसका असिरिया नगर के वैसे निवासियों के रूप में वर्णन किया है, जिन्होंने मिस्र और बेबीलोन की संस्कृति अपना ली थी और बाद में उसे भारत और ईरान तक ले आए।

भारत में सिंधु सभ्यता के प्रतिष्ठापक के रूप में असुर ही जाने जाते हैं। राय (सन् 1915, 1920) ने भी मोहनजोदड़ो एवं हड़प्पा से असुरों को संबंधित बताया है, साथ-ही-साथ उन्हें ताम्र, कांस्य एवं लौह युग तक का यात्री माना है। पुराने राँची जिले में भी असुरों के निवास की चर्चा करते हुए सुप्रसिद्ध नृतत्वविज्ञानी शरत चंद्र राय (सन्1920) ने उनके किले एवं कब्रों के अवशेषों से संबंधित लगभग एक सौ स्थानों, जिनका फैलाव इस क्षेत्र में रहा है, पर प्रकाश डाला है।

बाद में मुंडा आए तो उनके साथ उनका संघर्ष हुआ। फिर उराँव आए तो मुंडा-उराँव में भी विवाद हुए और समझौते के तौर पर कुछ बातों पर सहमति बनी। मुड़मा मेला इसकी गवाही देता है। हम यहाँ इतिहास के सबसे प्राचीन दौर से गुजर सकते हैं। राँची शहर के बीचोबीच राँची बुरू यानी राँची पहाड़ी को देख सकते हैं, जो हिमालय से भी पुरानी है, जिसके

शिखर पर बाबा भोले पहाड़ी बाबा के नाम से विराजमान हैं। आजादी के साक्ष्य भी यहाँ हैं। इसलिए यह देश का इकलौता मंदिर है, जहाँ 26 जनवरी एवं 15 अगस्त को तिरंगा फहराया जाता है। देश को आजादी मिली तो राँचीवासियों ने सबसे पहले इसी पहाड़ी पर तिरंगा फहराया था। इसी पहाड़ी पर एक फाँसी टुंगरी भी है, जहाँ अंग्रेज आजादी के दीवानों को फाँसी दिया करते थे। राँची वह इलाका है, जहाँ हम दो हजार साल के राजवंश को भी देख सकते हैं।

□

दक्षिणी छोटानागपुर के मेले

झारखंड का सबसे प्राचीन मेला

ईंद जतरा (मेला)

झारखंड की विविधताओं से भरी संस्कृति का ईंद जतरा प्रतिनिधित्व करता है। यहाँ की धरती का सबसे प्राचीन मेला है। राँची से बीस कि.मी. दूर पिठौरिया के पास सुतियांबे में विशाल मेले का आयोजन होता है। 'ईंद' इंद्र से जुड़ा शब्द है या कहें इंद्र का लोकरूप।

ईंद मेला की शुरुआत नागवंशी शासनकाल से जुड़ी हुई है। इसका आरंभ सुतियांबेगढ़ से हुआ। सुतियांबेगढ़ से ही नागवंशी शासनकाल का उद्भव हुआ और मेले की शुरुआत भी साथ-साथ हुई। कहा जाता है कि मदरा मुंडा को ही महाभारत में मद्रराज कहा गया है। इस बात पर विश्वास करें तो मेले का आरंभ महाभारतकाल तक जाता है। तब से मेले का आयोजन होता आ रहा है। उस समय इस मेले का संचालन शासन पड़हा व्यवस्था के तहत होता था।

मेले का उद्देश्य यहाँ की संस्कृति-परंपरा को अक्षुण्ण रखना रहा है। महाराजा मदरा मुंडा के पुत्र मणिमुकुट राय मुंडा और द्वितीय पालपोस्य पुत्र फणिमुकुट राय मुंडा थे। फणिमुकुट उन्हें सुतियांबेगढ़ स्थित अंधरिया तालाब के किनारे मिले थे। ये नागराज के संरक्षण में थे। कहा जाता है कि मुंडाओं का जन्मस्थल सुतियांबेगढ़ स्थित कोंपाट था। इसका प्रतीक पत्थर यहाँ आज भी देखा जा सकता है।

महाराजा मदरा मुंडा के शासन काल के दौरान उनके गेट की पहरेदारी बाघ-बाघिन किया करते थे। आज भी गढ़बारी के बगल में बाघ-बाघिन बगीचा है, जहाँ बाघ-बाघिन पत्थर के रूप में विराजमान हैं। मदरा मुंडा के राज्य के क्षेत्रफल के विषय में कहा गया है 'सात सै सनपुर बिसा सै नागपुर अढ़ाई सौ श्री' परगना तक अपना शासन करते थे। वे उस समय पड़हा व्यवस्था के तहत राजकाज चलाते थे और उनकी राजकाज की भाषा नागपुरी-मुंडारी थी। आज भी गीत-संगीत में इसका जिक्र मिलता है। जब मदरा मुंडा अपने शासनकाल में वृद्ध हो गए तो उन्होंने अपने दोनों पुत्रों की परीक्षा ली और बाद में फणिमुकुट राय मुंडा को अपना राज सौंप दिया। उसी समय से कहा गया है कि 'कोंपाट मुंडा, नागवंशी राजा, दुवरसीनी घांसी।'

उस समय से फणिमुकुट राय मुंडा के वंशज अपना गढ़ रातूगढ़ में बनाए गेट के ऊपर बाघ-बाघिन और बीच में नाग प्रतीक रूप में आज भी विराजमान हैं और आज भी मुंडाओं को रातूगढ़ में बड़ा भाई का सम्मान दिया जाता है। युवराज गोपालशरण नाथ शाहदेव के असामयिक निधन के बाद अब नागवंशी राजाओं की पीढ़ी समाप्त हो चुकी है।

सुतियांबेगढ़ में ईंद मेला पारंपरिक रीति-रिवाज से लगाने की प्रथा महाराजा मदरा मुंडा ने शुरू की थी। ईंद मेला लगाने में 12, 22, 24 एवं झींका पड़हा का विशेष योगदान होता है। मेले के लिए इनका कार्य क्षेत्र भी बाँटा गया है। मेले में एक विशाल टोप्पर बनाया जाता है, जो गोवर्धन पर्वत का प्रतीक होता है। ध्यातव्य है कि द्वापर युग से पूर्व इंद्र की पूजा होती थी। कृष्ण ने जब अवतार लिया तो इंद्र की पूजा बंद करा दी। पूजा बंद होने के बाद इंद्र को बड़ा क्रोध आया और उसने खूब पानी बरसाया। तब महाप्रभु कृष्ण ने अपने बाएँ हाथ की कानी उँगली से गिरि गोवर्धन (गोवर्धन-गो-वर्धन—गाय *की संख्या बढ़ाने का इशारा किया उँगली से इसका संकेत। गोबर-धन— बारिश अधिक होने से घास अधिक होगी। अत: गाय की संख्या में वृद्धि करने का इशारा किया गया है। गाय होंगी तो गोबर होगा, गोबर*

होगा तो खाद अच्छी होगी। खाद अच्छी होगी तो फसल में वृद्धि होगी। अत: गोबर भी धन हुआ अप्रत्यक्ष रूप से।) को उठाकर सभी गोप-गोपियों की रक्षा की। तब इंद्र ने भगवान् से माफी माँगी। टोप्पर उसी पर्वत का प्रतीक है। महाराजा मदरा मुंडा ने इस कथा को जीवित रखने के लिए इस मेले की शुरुआत की।

सतयुग में जब समुद्र मंथन हुआ, तो उसमें मंथन के लिए वासुकिनाथ को रस्सी बनाया गया था। उसमें विष भी निकला। इस विष का पान शिव ने किया। इसलिए शिव नीलकंठ कहलाए। मदरा मुंडा शिव के अनन्य भक्त थे। इसलिए मुड़हर पहाड़ पर अनेक शिवलिंग स्थापित हैं। इसलिए इस मेले में साबे घास का बरहा बाँटा जाता है, जो वासुकिनाथ का प्रतीक है। इस कथा को भी ईंद मेले में समाहित कर दिया गया है। यह कार्य नगड़ी, कांके, ईचापीड़ी व पिठोरिया के लोग करते हैं। सबको पता है कि समुद्र मंथन में दानव व देवता दोनों थे। दानव की भूमिका नगड़ी ग्रामवासी व देवता की भूमिका ईचापीड़ी गाँव के लोग निभाते हैं। मंथन में चौदह रत्नों में से एक लक्ष्मी भी निकली थीं, जिसका प्रतीक हड्डा-गुड्डी है, जिसे ईचापीड़ी के भाई-बहन अपने माथे पर लेकर आते हैं। महाराजा मदरा मुंडा द्वारा स्थापित यह परंपरा आज भी कायम है।

टोप्पर की पूजा पंडित व पहान दोनों करते हैं। इसके बाद कुम्हरिया के पहान घर की कोई कुँवारी लड़की अपने पैर से तीन बार टोप्पर को लात लगाती है (स्पर्श करते हैं), तब टोप्पर को उठाकर गाड़ा जाता है। इसे नौ दिनों तक वहीं छोड़ दिया जाता है या सुविधानुसार उसे घर ले जाकर उसकी विधिवत् पूजा की जाती है। यही ईंद मेले की परंपरा है। यहाँ ईंद मेला लगने के बाद ही छोटानागपुर के दूसरे स्थानों पर ईंद मेला लगना शुरू हो जाता है।

ईंद मेला करम पूजा के विसर्जन के बाद त्रयोदशी को आयोजित होता है। करम पूजा के विसर्जन के दिन 12 पड़हा के नगड़ी गाँव के लोग मदनपुर

गाँव के ईंद मेला टाँड़, जहाँ इसका आयोजन होता है, में कांशी घास, जिससे रस्सी बनती है, को रख देते हैं। मेले के दिन ईचापीड़ी गाँव के लोग कांशी घास से बरहा यानी रस्सी बनाते हैं। सुतियांबे में टोपर बनता है। यह सफेद कपड़ों का बना बड़ा गोलाकार होता है, जो गोवर्धन पहाड़ का प्रतीक होता है। ईंद मेले के समय किसान धान की फसल बोकर कार्य से निवृत्त हो जाते हैं। उस समय चारों तरफ हरियाली छाई रहती है। ऐसे समय में आयोजित मेले में 12, 22, 24 के समूह में झींका पड़हा समुदाय के लोग पारंपरिक वेश-भूषा में शामिल होते हैं। इसके बाद कई खोंड़हा (नृत्य दल समूह) नृत्य-गीत का दौर चलता है।

मेले में धर्म, जाति, संप्रदाय की दीवारें टूट जाती हैं। मेले में मुंडा और नागवंशी दोनों भाग लेते हैं। यह आदिवासी-सदान दोनों का मेला है। पहली शताब्दी में मुंडा जनजाति ही इस मेले में भाग लेती थी, लेकिन मदरा मुंडा ने अपने पुत्र मणिमुकुट राय को राजा न बनाकर अपने दत्तक पुत्र फणिमुकुट राय को महाराजा बनाया। फणिमुकुट राय से ही नागवंशियों का शासन शुरू हुआ। यह मेला इस परंपरा की याद भी दिलाता है। अब मेले के आयोजन के लिए एक समिति बन गई है। वही इसकी पूरी जिम्मेदारी उठाती है। यह मेला सामाजिक समरसता का सबसे बड़ा प्रतीक है।

माघे मेला

इस माघे पर्व को झंडा पर्व भी कहा जाता है। मुंडा जनजाति द्वारा यह पर्व झारखंड के राँची जिले के कई प्रखंडों में मनाया जाता है। इस अवसर पर जतरा निकाला जाता है। मेले का आयोजन किया जाता है। सभी गाँव के लोग अपना-अपना झंडा लेकर जुलूस निकालते हैं, जो अंततः मेले का रूप धारण कर लेता है। इस पर्व के अवसर पर पूड़ी, पकवान बनते हैं। हंड़िया का सेवन किया जाता है। कुछ स्थानों पर मुंडा जनजाति माघे पर्व के स्थान पर मकर संक्रांति मनाती है। यह भी माघ में ही मनाया जाता है। इस पर्व को

हो जनजाति भी खूब धूमधाम से मनाती है। यह एक महीने तक चलता है। यह पर्व युवा लोगों को एक-दूसरे से परिचित होने का अवसर भी प्रदान करता है। माघ के साथ-साथ यह मार्च के महीने में भी मनाया जाता है, जब साल तथा महुआ के फूल खिलने लगते हैं।

इस पर्व के लिए यह आवश्यक है कि साल फूल के गिरने से पहले ही इसे मना लिया जाए। इस पर्व के समय अगले साल के लिए कृषि श्रमिकों की सेवाओं का नवीनीकरण किया जाता है।

नियोजक द्वारा चित्र के लिए ग्राम देवता व सिंगबोंगा को विशेष रूप से हंड़िया चढ़ाई जाती है। नियोजक चित्रा यानी कृषि श्रमिक को तेल लगाता है और उससे पूछता है कि क्या वह अगले साल के लिए भी उसके खेत में हल चलाने को इच्छुक है। यदि वह इसके लिए तैयार हो जाता है तो उसे विशिष्ट भोजन एवं पेय दिए जाते हैं। दूसरे दिन उसे उपहार दिया जाता है। नियोक्ता उसे कृषि उपकरण आदि देकर ससम्मान विदा करता है।

राँची पहाड़ी (फाँसी टोंगरी) का सावन मेला

राँची पहाड़ी (फाँसी टोंगरी) के शिखर पर बाबा का मंदिर स्थित है, जहाँ सावन में तो भीड़ रहती ही है, शिवरात्रि और वार्षिकोत्सव आदि अवसरों पर भी भक्तों की भीड़ उमड़ पड़ती है और आसपास मेले का दृश्य उत्पन्न हो जाता है। आपको जानकर आश्चर्य होगा कि राँची बुरू हिमालय से भी पुरानी पहाड़ी है। इस पहाड़ी का अध्ययन करने के लिए सौ साल पहले तक वैज्ञानिक आते थे। शोध से ही पता चला कि यह पहाड़ प्रोटेरोजोइक काल का है, जिसकी आयु लगभग 4,500 मिलियन वर्ष है। राँची शहर का यह इकलौता पहाड़ है, जो शहर के अन्य पहाड़ बरियातू हिल या टैगोर हिल से भी लाखों साल पुराना है। इसकी बनावट भी दूसरे पहाड़ों से भिन्न है।

राँची के पर्यावरणविद् डॉ. नीतीश प्रियदर्शी का कहना है कि यह पहाड़ मुख्यत: कायांतरित शैल चट्टानों से बना है और यह धारवाड़ काल का है, जिसकी आयु लगभग 3,500 मिलियन है। कुछ भू-वैज्ञानिकों का मानना है कि इस पहाड़ की आयु 980 से 1200 मिलियन वर्ष है। इस पहाड़ की चट्टान का भौगोलिक नाम 'गानेटिफेरस सिलेमेनाइट शिष्ट' है। इसे 'खोंडालाइट' के नाम से पुकारा जाता है। राँची शहर के दूसरे पहाड़ ग्रेनाइट नीस एवं शिष्ट के बने हैं, जो इसके बाद के काल के हैं यानी 970-890 मिलियन वर्ष। छोटानागपुर के लगभग सारे पहाड़ों का निर्माण अपरदन के फलस्वरूप समतल हो गया है एवं कठोर भाग खड़ा रह गया है। इसलिए यदि कोई श्रद्धालु बाबा के दर्शन के लिए जाता है सीढ़ियों के सहारे तो वह यह भी जाने कि इस पहाड़ की आयु करोड़ों साल है और यह संभवत: विश्व की पुरातन पहाड़ियों में से एक है। यह अनंतकाल से छोटानागपुर में होने वाले भूगर्भिक बदलाव का अकेला सबसे बड़ा पुराना गवाह है।

इतनी पुरानी पहाड़ी पर बाबा शिव विराजमान हैं। इसकी दूसरी खासियत यह है कि पहाड़ी मंदिर देश का इकलौता ऐसा मंदिर है, जहाँ 15 अगस्त, 1947 से आज तक गणतंत्र और स्वतंत्रता दिवस पर ध्वजारोहण किया जाता है। जब देश आजाद हुआ तो यहाँ पर तिरंगा फहराया गया। इस पहाड़ को स्वाधीनता पूर्व फाँसी टोंगरी के नाम से जाना जाता था। हालाँकि इसका वास्तविक नाम रिचि बुरू है। यह नाम अब खो गया है। यहाँ कई स्वतंत्रता सेनानियों को अंग्रेजों द्वारा फाँसी की सजा दी गई। आज भी वह बरगद का पेड़ और फाँसी का कुआँ अपना इतिहास छिपाए है।

इस पहाड़ की ऊँचाई लगभग 300 फीट है और 468 सीढ़ियाँ हैं। इस पहाड़ी का भू-भाग लगभग 26 एकड़ में फैला हुआ है। पहाड़ी मंदिर का इतिहास काफी पुराना है। पहाड़ी स्थित नाग देवता का स्थल 55 हजार साल पुराना बताया जाता है। सन् 1905 के आसपास ही पहाड़ी के शिखर

पर शिव मंदिर का निर्माण हुआ था। संभव है, इसे पालकोट के राजा ने निर्माण करवाया हो, क्योंकि यह पहाड़ी उन्हीं के अधीन थी।

खैर, 1908 में पालकोट के राजा से इस पहाड़ी को नगर पालिका के एक अंग्रेज अधिकारी ने मात्र 11 रुपए में ले लिया था। हस्तांतरण आलेख में यह शर्त लिखी हुई था कि पहाड़ी पर स्थित मंदिर सार्वजनिक होगा। 1917 में एमजी हेलेट द्वारा प्रकाशित बिहार-उड़ीसा गजेटियर में राँची पहाड़ी की चोटी पर शिव मंदिर का उल्लेख है। हालाँकि अंग्रेज इस पहाड़ी को द्वितीय विश्वयुद्ध में भी इस्तेमाल किया करते थे। झारखंड व राँची आने वाले पर्यटक एक बार जरूर पहाड़ी मंदिर में जाकर बाबा पहाड़ी का दर्शन करना चाहते हैं। इस पहाड़ी से राँची शहर की छटा देखते बनती है। पहाड़ी पर ही नाग बाबा का भी मंदिर है। आदिवासी बहुत प्राचीन काल से ही नाग देवता की पूजा करते आ रहे हैं। नाग देवता राँची के नगर देवता भी हैं। नाग देवता नागवंशियों के कुल देवता भी हैं। सावन में भी पहले नाग देवता की पूजा सदान-आदिवासी करते हैं। इसके बाद बाबा पहाड़ी की पूजा शुरू होती है। पहाड़ी पर बाबा तो हैं ही, शिखर पर हनुमानजी की भी प्रतिमा है। उसके पीछे एक गुफा है, जिसमें नाग देवता की पूजा-अर्चना की जाती है। पहाड़ी के मध्य भाग में बाबा विश्वनाथ का मंदिर है। यहीं पर लोगों की शादियाँ होती हैं। सिंहद्वार से प्रवेश करते ही बाईं ओर शिव मंदिर है और दाहिनी ओर काली मंदिर। यह सब हाल का निर्माण है, लेकिन अब पूरा मंदिर ही नया बन रहा है। शिखर पर मंदिर अब आठ हजार वर्गफीट में होगा।

श्रावणी मेला : बाबा धाम देवघर के बाद राँची में पहाड़ी मंदिर पर भक्तों का ताँता लगता है। पूरे सावन यहाँ भक्तों की भीड़ देखी जाती है। हर सोमवार को यहाँ एक लाख तक श्रद्धालु जल चढ़ाते हैं। राँची ही नहीं, आसपास के जिलों से भी लोग आते हैं। रविवार की पूरी रात ही राँची की सड़कें शिव भक्तों से गुलजार रहती हैं। बोलबम का नारा लगाते हुए

काँवरिए स्वर्ण रेखा नदी से जल उठाते हैं और बाबा के दरबार में पहुँचते हैं। मंदिर से नदी की दूरी 12 कि.मी. है। नदी से आधी रात को भक्त जल लेकर चलते हैं और दो बजे मंदिर पहुँचते हैं। सीढ़ियाँ भक्तों से भर जाती हैं। चार बजे बाबा का पट खुलता है। इसके बाद तो भक्तों का रेला टूट पड़ता है जल चढ़ाने के लिए। यहाँ पर सुरक्षा की भी भारी व्यवस्था रहती है। भीड़ को देखते हुए सन् 2012 से एक वैकल्पिक रास्ता भी बना दिया गया है। अब जाने और आने के अलग-अलग रास्ते हो गए हैं। इससे भक्तों को काफी राहत मिली है। श्रावण मास में सोमवार के अलावा भी हर दिन यहाँ मेले जैसा दृश्य रहता है। सावन में हर दिन बाबा का अद्‌भुत श्रृंगार किया जाता है।

महाशिवरात्रि : हिंदू धर्म में शिवरात्रि का बड़ा महत्त्व है। इस दिन पूरी श्रद्धा के साथ भगवान् शिव की पूजा-अर्चना की जाती है। इस दिन भगवान् शिव को बिल्व पत्र, धतूरा, फूल, जल, दूध, मधु आदि चढ़ाया जाता है। भगवान् का जलाभिषेक भी किया जाता है। कहते हैं इसी दिन शिव और पार्वती एक सूत्र में बँधे थे। यह पर्व यहाँ खास ढंग से मनाया जाता है। इस दिन भगवान् शिव की बारात निकलती है। इस बारात में मुख्यमंत्री से लेकर अन्य नेता शामिल होते हैं। बारात पूरे शहर में घूमती है। जगह-जगह इसका स्वागत किया जाता है। कई तरह की झाँकियाँ निकलती हैं। इनमें भूत-प्रेत को देखने के लिए लोग सड़कों के किनारे खड़े रहते हैं। बाबा भोले की बारात देखते ही बनती है। भक्त 'जय, ॐ नमः शिवाय' का उद्‌घोष करते चलते हैं।

वार्षिक महोत्सव : मंदिर में वार्षिक महोत्सव दिसंबर में हर साल मनाया जाता है। इस मौके पर काफी संख्या में श्रद्धालु आते हैं। इस दिन भगवान् को छप्पन भोग चढ़ाया जाता है। बाबा का श्रृंगार किया जाता है। दिन भर भजनों की गंगा प्रवाहित होती है। राज्य के दूसरे हिस्सों से भी भक्त यहाँ इस कार्यक्रम में भाग लेने आते हैं।

मुड़मा मेला

राँची जिले का यह मेला भी बड़ा मेला है। आश्विन पूर्णिमा की रात से मेला लगना शुरू होता है। कार्तिक प्रतिपदा एवं द्वितीया को लगने वाला दो दिनों का यह मेला सालों से लगता आ रहा है। यह कई पड़हा-पंचायतों का सम्मिलित मेला है। मुड़मा मेले की व्यवस्था पहले जमींदार करते थे, किंतु अब बाकायदा मेला समिति बन गई है और वही इसकी देख-रेख, सुरक्षा आदि के इंतजाम करती है। पहले मेला टाँड़ में पवित्र खूँटा की पूजा पहान करता है। दोपहर को पाट लेकर उराँव आदिवासी पुरुषों का रेला नाचते-कूदते देव स्थल पर पहुँचता है। महिलाएँ 'कंडसी' (धान कलश) सिर पर लेकर परंपरागत परिधान में नृत्य विभोर हो वहाँ पहुँचती हैं। पाट देवस्थल पर रखा जाता है। विनती के बाद फिर नृत्य का दौर चलता है। अलग-अलग दल और अलग-अलग नृत्य। प्रत्येक पड़हा अपनी पहचान झंडे के साथ उपस्थित होता है। संगीत-नृत्य की लहरी से मेला जीवंत हो उठता है।

मेले में विविध स्वाँग बनाकर कुछ बूढ़े, जवान हँसाते फिरते हैं और राजी चंदा लेते हैं। किसी के शरीर पर माटी का लेप चढ़ा होता है तो किसी ने पुआल की चोटी शरीर में लपेट रखी होती है। दूसरे दिन दोपहर बाद मेला खत्म होने लगता है और रात्रि में वीरानी छा जाती है। आदिवासियों के मेले को सामाजिक मिलनोत्सव भी कह सकते हैं। मुंड़मा मेले की तैयारी एक महीने पहले से शुरू हो जाती है। मेले की खासियत यह है कि इसमें पारंपरिक वाद्यों, पारंपरिक खाद्य हेंढुआ, कचरी एवं ईख की बिक्री खूब होती है। मुड़मा के साथ ही राँची जिले में मेले का क्रम चल पड़ता है और यह पूस-माघ तक चलता रहता है।

मुड़मा मेले के पीछे एक दंत कथा प्रचलित है। कभी इसी स्थल पर मुंडाओं और उराँवों के बीच सात दिन रात नृत्य-संगीत का द्वंद्व हुआ था। इसमें मुंडाओं ने उराँवों को जीतने का अवसर दिया और शर्त के अनुसार

इस क्षेत्र को छोड़कर दक्षिण (खूँटी) की ओर ये चले गए। इसी की स्मृति में मुड़मा मेले में आज भी नृत्य-संगीत का दौर चलता है। हार का कारण बना मुंडाओं के अखरा में मांदर का न होना। इसकी आवाज की गूँज की मधुरता के सामने नगाड़े आदि पीछे रह गए। मुड़मा मेले को राजकीय मेले का दरजा देने की घोषणा हो गई है। वास्तव में यह मेला इसका हकदार भी है। मेले में केवल झारखंड के लोग ही शिरकत नहीं करते हैं, बल्कि छत्तीसगढ़, पं. बंगाल, बिहार और नेपाल से भी आदिवासी समुदाय के लोग भाग लेते हैं।

मेले की शुरुआत 40 पड़हा के पाहनों द्वारा जतरा स्थल पर स्थित शक्ति खूँटे के विधिवत् पूजन के साथ होती है। इस स्थल पर सारे समुदाय के लोग एक हुए थे। ऐसी मान्यता है कि पुराने समय में जब लोगों को कहीं से न्याय नहीं मिलता था तो वे अपनी समस्याओं के निपटारे के लिए यहीं पर पहुँचते थे और यहाँ से जो भी फैसला आता था, उसे वे तन-मन से स्वीकार करते थे। पड़हा को पूर्व में जनजातीय क्षेत्र में सुप्रीमकोर्ट की मान्यता प्राप्त थी। इसका गौरवशाली इतिहास रहा है। मुड़मा जतरा 40 पड़हा के पहानों द्वारा लगाया जाता है। जतरा में स्थापित कलश धरती एवं सूर्य का प्रतीक होता है। मेले में ईख की ब्रिकी खूब होती है। इसी समय खेतों में ईख की पैदावार होती है। इसके अलावा पारंपरिक हथियार, मांदर, नगाड़ा, तीर-धनुष, ढोल, मछली के जाल के अलावा हर जरूरत का सामान मिलता है। मेले में किसान संघ प्रदर्शनी भी लगाता है। अन्य संस्थाएँ भी अपना स्टॉल लगाती हैं।

मेले में सभी अपने-अपने प्रतीक चिह्नों के साथ जुटते हैं। ये प्रतीक चिह्न हाथी, बाघ, मगरमच्छ, रंपा-चंपा व अपने-अपने अलग-अलग झंडों के साथ शामिल होते हैं। झंडों का रंग अलग-अलग होता है। झंडे 60 फीट तक ऊँचे होते हैं।

मेला राँची के मांडर प्रखंड क्षेत्र में लगता है। मुड़मा जतरा इसका

नाम है। झारखंड का यह ऐतिहासिक जतरा है। इस मेले में पश्चिम बंगाल, ओडिशा व छत्तीसगढ़ से भी खोड़हा (समूह) लेकर लोग शामिल होते हैं। इस जतरा का संबंध सिंधु घाटी सभ्यता से भी बताया जाता है। इस स्थल पर ही उराँव जनजाति और मुंडा जनजाति का मिलन हुआ था, साथ ही दोनों में सांस्कृतिक समझौता भी हुआ था। इस जतरा की शुरुआत कार्तिक प्रतिपदा को होती है। चालीस पड़हा के लोग अपने-अपने पड़हा के निशान काठ के हाथी, घोड़े, मगर, बाघ, चीता, मछली, झंडे व रंपा-चंपा के साथ नाचते-गाते जतरा स्थल पर पहुँचते हैं और जतरा खूँटा की परिक्रमा कर खोड़हा (समूह) में बँटकर नाच-गान प्रस्तुत करते हैं। चालीस पाड़हा के पहान, महतो, पुजार, मुड़ा, पैनभरा व विभिन्न राज्यों के सरना धर्म गुरुओं द्वारा जतर-खूँटा की पूजा के साथ यह जतरा दो दिन तक चलता है।

सिंधु घाटी सभ्यता और मुड़मा जतरा : मुड़मा जतरा के प्रमुख और पहान बंधन तिग्गा कहते हैं कि इस जतरा का संबंध सिंधु घाटी सभ्यता से है। वह 17 साल से इसकी कमान सँभाले हुए हैं। उन्होंने मुड़मा जतरा का इतिहास बताते हुए कहा कि जब उराँव जाति के लोग सिंधु घाटी से चले तो मुड़मा में उनका मिलन मुंडा जाति के लोगों से हुआ। यहाँ दोनों के बीच सामाजिक और सांस्कृतिक समझौता हुआ। यहाँ पर भाषा के आधार पर क्षेत्र का विभाजन हुआ। पूर्व का क्षेत्र मुंडाओं को मिला, जबकि पश्चिम का क्षेत्र उराँव जनजाति को दिया गया। पश्चिम का क्षेत्र छोटानागपुर कहलाया। इसे चार भागों में बाँटा गया—सरगुजा प्रदेश, छेछाड़ी प्रदेश, हीरा बरवे और खुखरा परगना। उराँव पहले बलि प्रथा नहीं मानते थे। वे जनेऊ धारण करते थे। जब दोनों के बीच सांस्कृतिक संधि हुई तो उराँव जनजाति के लोगों को अपने बाल और चोटी भी कटवानी पड़ी। कुछ उराँव जनजाति के लोग मुंडा जनजाति वालों के साथ पूर्व के क्षेत्रों में बस गए और उनकी संस्कृति के साथ-साथ उनकी भाषा भी उन्होंने सीखी।

पड़हा व्यवस्था : पड़हा व्यवस्था उराँव जनजातियों की सबसे बड़ी सामाजिक एवं प्रशासनिक व्यवस्था है। इस व्यवस्था के अंतर्गत न्यायपालिका, विधायिका और कार्यपालिका आती हैं, जो गाँवों में आज भी मौजूद है। झारखंड के 2,484 भूमिहर गाँव हैं। इन सभी गाँवों में आज भी यह व्यवस्था कायम है। इस परंपरा के निर्वाहन करने के लिए लगभग ढाई सौ लाख एकड़ जमीन बेलगान है। धार्मिक कार्यों में जो भी लोग चुनकर आते हैं, उन्हें वेतन के रूप में इस जमीन की उपज दी जाती है। मुड़मा जतरा को अगर उराँव और मुंडा जनजाति का सप्रीम कोर्ट कहा जाए तो गलत नहीं होगा। न्याय व्यवस्था के लिए सात, बारह और इक्कीस पड़हा का समूह बनाया गया है। गाँव में किसी भी तरह के झगड़े-झंझट का निबटारा इन्हीं पड़हाओं द्वारा किया जाता है। यदि इनके द्वारा समस्या का समाधान नहीं निकल पाता तो उसका फैसला मुड़मा में सुनाया जाता है। मुड़मा जतरा में सुनाया गया फैसला सर्वमान्य होता है।

जेठ जतरा (मेला)

झारखंड के विभिन्न क्षेत्रों में प्रतिवर्ष लगने वाला जतरा (मेला) अत्यंत महत्त्वपूर्ण है। जतरा आदिवासियों के लिए सिर्फ मनोरंजन का माध्यम नहीं है। यह मेला जनजातीय समाज की संस्कृति, परंपरा और उनकी आर्थिक संरचना का इतिहास भी बताता है। जतरा मेले को झारखंड के लोग एक त्योहार के रूप में मनाते हैं। इस मेले का आदिवासी सदान लोगों को उतना ही इंतजार होता है, जितना होली, दीपावली और दशहरा जैसे त्योहारों का होता है। जनजातियों में कई प्रकार के जतरा मेलों का आयोजन किया जाता है। इन्हीं में से एक है जेठ जतरा, जो जेठ के महीने या गरमी के दिनों में आयोजित किया जाता है। इस समय गाँव के किसानों के पास कोई काम नहीं रहता है। ऐसे में जेठ जतरा मनाना समय का सदुपयोग भी कहा जा सकता है।

'जतरा' का शाब्दिक अर्थ है शुभ यात्रा। यह मेला एक काफिले में चलता था, जिसे यात्रा का नाम दिया गया। यह यात्रा खुशियों की प्रतीक हुआ करती थी। जतरा मेले की परंपरा स्वतंत्रता से पहले से चली आ रही है। जनजातीय समाज के बुजुर्ग बताते हैं कि प्रारंभिक समय में राजा के द्वारा अनाज, कपड़े और बरतन के व्यवसायियों को आमंत्रित किया जाता था। इस मेले का प्रारंभिक स्वरूप एक बाजार के रूप में था। यह समय माघ मास का होता था। वनों में रहनेवाला जनजातीय समाज ठीक इसी समय फसल की कटाई करता है और प्राप्त अनाज से वर्ष भर के लिए, घर-गृहस्थी के लिए सभी आवश्यक सामग्रियों की खरीदारी करता है। यह परंपरा आज भी चल रही है। जनजातियों द्वारा इस अवसर पर सबसे अधिक खरीदारी कृषि सामग्री की होती है। इसके अतिरिक्त कपड़े और बरतन का भी मेले में अच्छा व्यवसाय होता है।

आजादी के साथ ही मेले के स्वरूप में भी परिवर्तन हुआ। अब यहाँ वनों में रहनेवाले जनजातीय समाज की संस्कृति की झलक देखने को मिलने लगी है। मेले में सामग्रियों के अतिरिक्त कठपुतली नाच, वाद्य, ढोल-नगाड़ों का वादन होने लगा है। यहाँ लोक संस्कृति की झलक देखने को मिलती है। झूले, नाटक सहित मनोरंजन के कई साधन मेले के आकर्षण बन गए हैं। मेले के अवसर पर स्थानीय परिवार दूरदराज के अपने रिश्तेदारों को आमंत्रित करते हैं। आमतौर पर मेला तीन दिनों का होता है। दिन में ग्रामीण जहाँ मेला स्थल पर समय व्यतीत करते हैं, वहीं रात में गाँव, मुहल्ले में लोकगीत के साथ नाच-गान करते उत्सव में झूमते-मिलते हैं। जतरा के साथ 'अखरा जतरा' शब्द का प्रयोग होता है, जैसे सांस्कृतिक कार्यक्रम के लिए घर में आँगन, गाँव में अखरा और इलाके में जतरा स्थल होता है। जतरा में बड़े पैमाने पर नाच-गान भी होता है।

राँची के इटकी में हर साल सोहराई पड़हा जतरा का आयोजन होता है। मेले की शुरुआत पहानों द्वारा जतरा खूंटे की पारंपरिक ढंग से पूजा-

अर्चना के साथ होती है। जतरा में पाँच पड़हा, 12 पड़हा, 21 पड़हा, 22 पाँच पड़हा, सात पाँच पड़हा के दर्जनों गाँवों के हजारों लोग अपने पड़हा की पहचान हाथी, घोड़ा, रंपा-चंपा, झंडा, ढोल, मांदर, नगाड़ा के साथ शामिल होते हैं। जुलूस निकालते हैं। वास्तव में सोहराई पड़हा जतरा झारखंड की सांस्कृतिक धरोहर है। यहाँ की त्रिस्तरीय सामाजिक व्यवस्था का प्रधान प्रशासनिक पड़हा जतरा है। त्रिस्तरीय पड़हा व्यवस्था में बँधकर आदिवासी समाज हजारों वर्षों से अपनी मूल व्यवस्था में आज भी मौजूद है। इटकी के साथ बेड़ो आदि दूसरे स्थानों पर भी मेले का आयोजन किया जाता है। एक तरह से इस मेले को घुमंतू मेला कह सकते हैं।

शिव मंडा मेला

मंडा मेला भी घुमंतू मेला है। इसकी शुरुआत सबसे पहले राँची की सबसे प्राचीन नगरी चुटिया से होती है। इसके बाद पूरे क्षेत्र में अलग-अलग समय पर इसका आयोजन होने लगता है। मंडा मेला आग पर चलने का पर्व है। दुनिया की कई आदिम संस्कृतियों में यह प्रचलित है। आस्था का यह रंग, अंगारों के संग, पूरे छोटानागपुर में देखने को मिलता है। चैत्र मास के शुक्ल पक्ष से प्रारंभ होकर यह पर्व ज्येष्ठ मास तक मनाया जाता है। यह आग पर चलकर उपासना व साधना की सत्यता प्रमाणित करने के लिए आदिवासियों और सदानों द्वारा सम्मिलित रूप से मनाया जाता है। अलग-अलग गाँवों में यह त्योहार, अलग-अलग दिन मनाया जाता है। शिव की इस उपासना में आदिवासी-सदान का भेद मिट जाता है। इसमें दोनों शामिल होते हैं।

मजेदार बात यह है कि आदिवासियों का कोई भी त्योहार बलि और इलि (चावल से बनी शराब) के बिना पूरा नहीं होता, परंतु मंडा पर्व ही इनका ऐसा पर्व है, जिसमें किसी प्रकार की बलि नहीं चढ़ाई जाती, इलि का तर्पण नहीं किया जाता, बल्कि पूर्णरूपेण सात्विक रूप से मनाया जाता

है। इस त्योहार में मुख्य उपासक, जिन्हें भगता या भगतिया कहा जाता है, के नेतृत्व में अन्य सह उपासक धधकते अंगारों पर नंगे पैर चलते हैं, वह भी गरमी के दिनों में। जिस रात को यह त्योहार मनाते हैं, उस रात को 'जागरण' और अंगारों पर चलने की क्रिया को 'फूलखुंदी' कहते हैं। केवल अरगोड़ा-राँची में काले बकरे की बलि फुलकुंदी के समय दी जाती है। यह अपवाद है इस उत्सव का।

गाँव में मंडा पर्व मनाने के लिए दो स्थान चुने जाते हैं, एक मेले के लिए और दूसरा पूजा के लिए, जो शिवमंदिर के पास होता है। उपासक या भगता कोई भी हो सकता है। इसमें कोई जाति बंधन नहीं है। 8–10 वर्ष के बालक से लेकर बूढ़े तक भगता होते हैं। यही नहीं, गैर आदिवासी भी भगता बन सकता है। ऐसी मान्यता है कि जिस पर शिव के गण की अंश मात्र भी छाया आ जाए, वह 'भगता' के लिए उपयुक्त होता है। ऐसा होने पर वह व्यक्ति अपना सिर धुनने लगता है और धरती पर लोटता मंदिर के निकट पहुँचता है। मंदिर में पहुँचने के बाद ही वह व्यक्ति शांत होता है।

गाँव में परंपरागत रूप से भी पाट भगता और सहायक भगता होते हैं। भगता मुख्य रूप से कहीं पाँच, कहीं सात और कहीं नौ दिन के लिए पदस्थापित होते हैं। पदस्थापन से पूर्व इनका मुंडन कराया जाता है, तब विधिवत् पूजा प्रारंभ होती है। पूजा के प्रारंभिक दिन से अंतिम दिन तक ये उपवास में रहते हैं तथा ब्रह्मचर्य का पालन करते हैं। प्रतिदिन प्रातःकाल जलाशय जाकर स्नान करते हैं, तब पूजा पाठ में जुट जाते हैं। मुख्य (पाट) भगता, पूजा पाठ करने के बाद एक-एक गाँव वाले के घर जाकर पूजा करता है। उस समय अन्य भगता साड़ी की धोती पहनकर सज-सँवरकर—'डगर' भरते हैं। यह पूजा 'मंडा' के अंतिम दिन तक नियमित रूप से चलती रहती है। मंडा की पूर्व रात्रि को लोग जागरण करते हुए यहाँ का प्रसिद्ध लोकनृत्य छऊ नृत्य करते हैं।

धुंआसी : जमीन पर आग लगाकर खंभे के सहारे भोक्ताओं को

सिर नीचे की ओर करके लटका दिया जाता है और आग के आर-पार झुलाया जाता है। इसे धूप-धूवन की अग्नि शिखा पर उलटे लटकाना भी कहा जाता है। मंडा पूजा को कहीं-कहीं चरक पूजा भी कहा जाता है। इसे झारखंड में सदान और आदिवासी समुदायों के साथ ही अन्य पिछड़ी जातियों एवं अनुसूचित जाति के लोग भी श्रद्धा से मनाते हैं। इस दौरान सदान आदिवासियों के छऊ नृत्य व जतरा का भी आयोजन होता है।

फूलखुंदी : फूलखुंदी में भक्तजन नंगे पाँव आग पर चलते हैं। लगभग 15-20 फीट लंबा और 2-3 फीट चौड़ा नाला बनाया जाता है। इसे आम की सूखी लकड़ियों से पाट दिया जाता है। नए सूप से हवा करके उस नाले में अंगारे तैयार किए जाते हैं। अपनी पूजा संपन्न कर सूर्यास्त होने के बाद भगता महादेव मंदिर से दहकते अंगारे के समीप पहुँचते हैं। भगता के साथ सोखताइनें माथे पर कलश, आम्र पल्लव लेकर मार्जन करती हुई चलती हैं। पूरी तरह अंगारे के रूप में बदलने को अंगोरा होना कहते हैं। अंगोरा हो जाने पर पहले पुजारी उसमें से कुछ अंगारे

अपनी नंगी हथेली पर लेकर मंदिर ले जाता है और देवी-देवताओं को अर्पित करता है। इसके बाद भक्तजन अंगोरा पर नंगे पाँव चलते हैं। इसमें स्त्री-पुरुष और बच्चे सब शरीक होते हैं। फूलखुंदी के दूसरे दिन मेला लगता है। रात-दिन लोग मेले का आनंद लेते हैं। इसके दूसरे दिन सभी भगतागण 'शिवजी की छवि' निहारते हैं। वे तेल-सिंदूर लगाकर क्षौर कर्म मंडा छई करते हैं और इस तरह फूलखुंदी और मंडा पर्व का समापन होता है। चुटिया स्थित शिव मंदिर के पास मंडा मेला का शुभारंभ हो जाता है। इसके बाद जगह-जगह, गाँव-गाँव, अलग-अलग तिथियों पर इस मेले का आयोजन किया जाता है।

झूलन : झूलन में भक्तों की नंगी पीठ में लोहे का हुक लगाकर रस्से के सहारे लंबे खंभे पर लटकाकर चारों ओर घुमाया जाता है। इस खंभे को चरक स्तंभ या चरक डांग मचान कहा जाता है। इस खंभे में एक चरखी लगी होती है। काफी देर तक भक्तगण हवा में इसी चरखी पर हुक के सहारे या चादर से बँधे जमीन से 15 से 20 फीट तक की ऊँचाई पर हवा में लटके और तैरते या चारों ओर घूमते रहते हैं। इस दौरान वे ऊपर से फूलों की बौछार करते हैं, जिन्हें पाने के लिए बड़ी संख्या में श्रद्धालु महिलाएँ नीचे अपने आँचल पसारे इंतजार कर रही होती हैं। पुरुष भक्त भी दौड़-दौड़कर अपने हाथों में फूल पाने की कोशिश करते हैं। झूलन से फेंके गए फूलों को काफी कल्याणकारी माना जाता है और इन्हें हासिल करना बड़ा सौभाग्य है। इन फूलों के लिए भक्त स्त्री-पुरुष घंटों खड़े रहते हैं।

मान्यता के अनुसार, यह पर्व अक्षय तृतीया बैशाख से खूँटी जिले के बूढ़ा महादेव से आरंभ होता है, लेकिन प्रचलन में चैत के महीने से ही आयोजन प्रारंभ हो जाता है, जो पूरे बैशाख महीने तक चलता है। अलग-अलग गाँवों में अपनी सुविधानुसार अलग-अलग तिथियों पर इसका आयोजन होता है। फूलखुंदी रात में और दिन में मेला लगता है। प्रारंभ में भक्तजन शिव मंदिर में लोटन सेवा करके माँ भगवती एवं भगवान् शिव

की आराधना करते हैं। रात के समय बड़ी संख्या में भक्त महिलाएँ सिर पर कलश लेकर तालाब जाती हैं। वहाँ स्नान एवं पूजा अर्चन के बाद वापस देवी मंडप आकर जलाभिषेक करती हैं। इसके बाद दहकते अंगारों पर नंगे पाँव चलकर फूलखुंदी करती हैं। इसके पूर्व खूँटी इलाके में रात्रि जागरण के दिन बरया या खड़िया नृत्य भी होता है। काफी उत्तेजक नृत्य वाद्य एवं गीत इसमें चलते हैं। मांदर और घंट आवश्यक हैं इस नृत्य-संगीत में।

कठिन अनुशासन : यह पूजा दस दिवसीय है। दस दिनों तक भगता को कड़े अनुशासन में रहना पड़ता है। दस दिन पहले ही पारंपरिक पाट भगता यानी मुख्य भगता पूजा कार्य में सभी भगताओं का नेतृत्व करता है। भगता रात्रि में भोजन नहीं करता। नियम-संयम से रहता है। शराब-मांस घर पर नहीं पकते। शरबत, चना, फल एक समय ही खाता है। कहीं-कहीं दूध या खीर खाकर रहता है। अन्य भगता मेले के तीन दिन पूर्व से पाट भगता की तरह रहते हैं। दोनों समय स्नान, ध्यान, पूजा, अर्चना करते हैं। फूलखुंदी के 24 घंटे पूर्व से निर्जला उपवास किया जाता है। पूरे दिन सात बार स्नान किया जाता है। भगताओं के साथ सोखताइनें भी स्नान करती हैं। स्नान के बाद भीगे वस्त्र पहने ही महादेव मंदिर में जाकर पूजा-अर्चना की जाती है। स्नान के बाद शरीर सुखाया नहीं जाता। इसमें तपान या बलि नहीं दी जाती। हर भगता की सेवा में एक-एक सोखताइन होती है, जो भगता के कष्टों को सोख लेती हैं। अंगारों पर फूलखुंदी में सोखताइनें भी चलती हैं।

आग पर चलने और शरीर में लोहा घुसाने के जरिए पूजा का प्रचलन ब्रिटिशकाल में मद्रास रेजीडेंसी क्षेत्र में भी था। उस वक्त अंग्रेजों ने उस क्षेत्र में इस पर रोक लगाने की नाकाम कोशिश की थी। आज भी विश्व के कई क्षेत्रों में इसके विभिन्न रूप देखने को मिलते हैं। उत्तरी यूनान के गाँवों में आग पर नंगे पैर चलकर हर साल मई महीने में संत कंस्टेटाइन एवं संत

हेलेन की पूजा की जाती है। बुल्गारिया, दक्षिण अफ्रीका, मलेशिया, सिंगापुर इत्यादि देशों में आज भी इसका प्रचलन है। इसकी शुरुआत ईसा पूर्व 1200 से होने के प्रमाण मिलते हैं। झारखंड में अब मंडा के समय झूलन में लोहे के हुक के स्थान पर कपड़े बाँधकर झुलाते हैं। कहीं-कहीं अब भी बनस यानी लोहे के हुक से झुलाया जाता है। दो दिनों के इस मेले में खान-पान, झूले, जागरण, गीत-संगीत का भी आयोजन होता है। रात भर लोग मेले का आनंद उठाते हैं।

मान्यता है कि यह आग पर चलने का उत्सा असुर लोककथा (मुंडारी लोक कथा भी) के अनुसार सिडबोंगा खसरा युवक बनकर असुरों के लोहे गलाने के भट्ठों को दिन या रात में बंद कराने आया था। नर बलि के समय वह खसरा बालक भट्ठे में प्रवेश कर सोने का बनकर निकलता है और भट्ठे में प्रवेश करने से स्वर्ग की प्राप्ति होगी, यह जानकर सारे असुर भट्ठे की अग्नि में प्रवेश कर जाते हैं। तब से यह फूलखुंदी का उत्सव मनाया जा रहा है।

मुड़हर पहाड़ का मेला

राँची में सुतियांबे की गोद में लगभग 61 एकड़ क्षेत्र में फैला मुड़हर पहाड़ मुंडाओं का प्राचीन स्थल है। नागवंशी राजाओं से पूर्व यहाँ मुंडा राजाओं का राज रहा। मदरा मुंडा यहाँ के राजा थे। अपने शासनकाल में अपना राज अपने बच्चे को न देकर अपने दत्तक पुत्र नागवंशी फणिमुकुट राय को दे दिया। इसके बाद ही सन् 83 से नागवंश शुरू हुआ। यह स्थल इसीलिए मुंडा जाति के लिए विशेष महत्त्व रखता है। इस पहाड़ पर कई प्राचीन मूर्तियों के भग्नावशेष हैं। यहाँ लोग पूजा करने जाते हैं। यहाँ भादों की एकादशी के बाद मेला लगता है। दरअसल, यह मुंडाओं के लिए पवित्र स्थल है। मुंडाओं में दो श्रेणियाँ हैं। एक अपने को श्रेष्ठ मानता है। उसे 'कोंपाट मुंडा' कहते हैं और दूसरे को खंगर मुंडा या पातर मुंडा। दोनों

के लिए यह महत्त्वपूर्ण है। एक तरह से इस पहाड़ को ऐतिहासिक कह सकते हैं। यहीं पर ईंद जतरा भी लगता है।

प्राकृतिक दृष्टि से भी मुड़हर पहाड़ लोगों के लिए आकर्षण का केंद्र है। यह पहाड़ धार्मिक आस्था का भी प्रतीक है। पहाड़ के सबसे ऊपरी हिस्से में मुड़हर बाबा विराजमान हैं, जिनका सिर शरीर से अलग है। इसी पहाड़ में अन्य देवी-देवताओं की प्रतिमाएँ भी कुछ दूरी पर जगह-जगह स्थापित हैं। पहाड़ की सबसे ऊँची चोटी पर पहुँचने के बाद आसपास के क्षेत्रों का अद्‌भुत नजारा देखने को मिलता है। यह स्थल पर्यटन के लिहाज से तो महत्त्वपूर्ण है ही, धार्मिक एवं ऐतिहासिक दृष्टिकोण से भी इसकी महत्ता कम नहीं है। यहाँ काफी संख्या में श्रद्धालु आते हैं और अपनी मनौती माँगते हैं। यहाँ बकरे की बलि मुंडन के समय दी जाती है।

मुड़हर पहाड़ के बारे में कुछ यह भी बताते हैं कि पहाड़ के बीचोबीच गुफा के अंदर कुआँ है, जिसकी गहराई आज तक नहीं नापी जा सकी है। कहा जाता है कि इस गहराई को नापने के लिए एक बार प्रयास भी हुआ था, जिसमें सात खटियों की रस्सी लगी थी, लेकिन वास्तविक गहराई का पता नहीं लग पाया। मनोरम छटा बिखरेता यह पहाड़ आने-जानेवाले लोगों के लिए खासा आकर्षण का केंद्र है। लोग अपने जीवन के कुछ पल प्रकृति के साथ इस पहाड़ पर बिताने के लिए आते है, जहाँ उन्हें शांति और सुकून भी मिलता है। अब सरकार इस पहाड़ को संरक्षित करने एवं पर्यटन स्थल के रूप में विकसित करने की योजना पर काम कर रही है।

फगडोल मेला

फगडोल मेले का आयोजन कई जगह होता है। राँची के बोड़ेया के मदन मोहन मंदिर में होली के मौके पर फगडोल मेले का आयोजन होता है। एक फगडोल चुटिया के प्राचीन श्रीराम मंदिर में भी आयोजन होता है। इस अवसर पर बड़ी संख्या में स्त्री-पुरुष, बच्चे शामिल होते हैं। फगडोल

से पहले प्राचीन श्रीराम मंदिर में पूजा-अर्चना की जाती है। इसके बाद देवों को डोली में बिठाकर डोल जतरा मैदान के चबूतरे पर विराजमान किया जाता है। बाहर से आए भजन गायक भक्ति गीत गाते हैं। इसके अलावा अन्य मंदिरों से भी देवताओं को यहाँ यात्रा कराते हुए लाया जाता है।

इसी तरह बोड़या का मदन मोहन मंदिर राँची से उत्तर-पूर्व में 8 कि.मी. दूर है। कहा जाता है कि इस गाँव में बड़ाइकों की संख्या अधिक थी, जिसके कारण इस गाँव का नाम बोड़ेया पड़ गया। छोटा नागपुर के महाराजा ने देवोत्तर में यह गाँव तिवारी परिवार के पूर्वजों को प्रदान किया था। इसी परिवार के लक्ष्मीनारायण तिवारी ने इस मंदिर का निर्माण कराया था। मंदिर का निर्माण नागवंशी राजा रघुनाथ शाह के शासन काल में हुआ था। मंदिर के दक्षिणी द्वार के सामने ही एक बड़ा चबूतरा है, जहाँ होली के समय फगडोल खेला जाता है। तब भगवान् की प्रतिमाएँ यहाँ पर लाई जाती हैं और भक्त अबीर-गुलाल लगाते हैं।

इसी तरह कृष्ण जन्माष्टमी के समय भी भगवान् इसी चबूतरे पर विराजते हैं। दोनों अवसरों पर मेले का आयोजन भी होता है।

एक फगडोल होली के अवसर पर इटकी के जगन्नाथ मंदिर में भी लगता है। मंदिर में स्थापित भगवान् राधा-कृष्ण की प्रतिमा को झूले पर रखकर झुलाया जाता है। पूजा-अर्चना के दौरान गुलाल-अबीर अर्पण किए जाते हैं। फाग गायन का भी आयोजन होता है। मेले में लोग एक-दूसरे को होली की बधाई देते हैं।

राष्ट्रीय खादी मेला

राज्य गठन के बाद सन् 2006 में इस मेले की शुरुआत हुई। इसके बाद इस व्यापक मेले की हर साल प्रतीक्षा होने लगी। मोरहाबादी में लगने वाले इस विशाल मेले का आयोजन खादी और ग्रामोद्योग आयोग, केंद्रीय सूक्ष्म, लघु और मध्यम उद्यम मंत्रालय, झारखंड राज्य खादी एवं ग्रामोद्योग

बोर्ड, केंद्रीय ग्रामीण विकास मंत्रालय और ग्रामीण विकास विभाग, राँची की सहभागिता से होता है। राष्ट्रीय खादी एवं सरस महोत्सव नाम से लगने वाला यह मेला दिसंबर के अंत में लगता है। इस सरस महोत्सव में 500 स्टाल लगाए जाते हैं। महोत्सव में देशभर में खादी, ग्रामोद्योग एवं सरस के उत्पादों का प्रदर्शन किया जाता है। महोत्सव में एक भव्य पैवेलियन होता है, जिसमें खादी एवं सरस उत्पादों का प्रदर्शन किया जाता है। मेले में गांधीजी का एक विशाल मंडप बनाया जाता है। इसमें गांधी के जीवन से जुड़ी तसवीरें, गांधी दर्शन और अन्य महापुरुषों के लगभग 200 दुर्लभ चित्र लगाए जाते हैं।

मेले में गीत एवं नाटक प्रभाग, सूचना एवं प्रसारण मंत्रालय समेत विभिन्न प्रांतों से कलाकारों की टोली हर दिन सांस्कृतिक कार्यक्रमों की प्रस्तुति देती है। राजस्थान का कालबेलिया, मणिपुर का मार्शल आर्ट, मथुरा की नौटंकी, उत्तराखंड का लोकनृत्य, झारखंड का छऊ, वाराणसी व इलाहाबाद का लोकनृत्य, आंध्र प्रदेश का लोक नृत्य, ओडिशा का ओडिशी नृत्य, असम का बिहू, बुंदेलखंड की होली, उज्जैन के लोक गीत, बिहार का भोजपुरी कार्यक्रम यहाँ होते हैं। मेले में सरकारी स्टाल भी लगाए जाते हैं। बैंक, आधारकार्ड, पोस्टआफिस के भी स्टाल होते हैं। बच्चों के लिए झूला, फूडकोर्ट भी होते हैं। लोग हर साल इस मेले का इंतजार करते हैं।

स्वर्णरेखा महोत्सव मेला

राँची जिले के पिस्कानगड़ी में स्वर्णरेखा महोत्सव सह मकर संक्रांति मेला का आयोजन होता है। यहाँ तीन दिनों का मेला लगता है। मेले में तीनों दिन कई कार्यक्रमों का आयोजन किया जाता है। इस मेले को रानीचुआँ मेला भी कहा जाता है। यहीं से स्वर्णरेखा नदी निकली है। जहाँ मेला लगता है, वह एक खूबसूरत पर्यटन स्थल भी है। मेले में सरकारी, गैरसरकारी

सहित कई कई स्टाल लगाए जाते हैं। किसानों सहित अन्य लोगों को आवश्यक जानकारी भी इस मेले में दी जाती है। किसानों से संबंधित ज्यादा स्टाल लगाए जाते हैं। मेले में खिलौने से लेकर ढोल-मांदर सहित अन्य घरेलू उपयोग के सामान खूब बिकते हैं। इसके साथ ही 14 जनवरी को श्रद्धालु रानीचुआँ में स्नान करते हैं। स्नान के बाद पांडवेश्वर धाम में पूजा-अर्चना करते हैं। चूड़ा, गुड़ व तिलकुट ग्रहण करते हैं। इस परिवेश में एक प्राचीन मंदिर भी है।

बाँग्ला सांस्कृतिक मेला

बाँग्ला सांस्कृतिक मेला बाँग्ला के नए साल पर राँची में आयोजित होता है। बंगाली समाज द्वारा इसका आयोजन किया जाता है। मेला तीन दिवसीय होता है। मेला प्रांगण में बाँग्ला संस्कृति की झलक मिलती है। एक तरह से मिनी बंगाल उतर आता है। कोलकाता से कलाकार, बैंड, लोक कलाकार आते हैं और हर संध्या सांस्कृतिक कार्यक्रम का आयोजन होता है। शंख ध्वनि प्रतियोगिता, उलूक ध्वनि प्रतियोगिता के साथ बच्चों के लिए फैंसी ड्रेस, रवींद्र संगीत प्रतियोगिताएँ होती हैं। साहित्य सभा का आयोजन होता है। मेले में लगभग 70 स्टाल लगते हैं। देवघर, मुजफ्फरपुर, शांतिनिकेतन, कोलकाता और अन्य जगहों के एंटरप्रेन्योर अपने सामानों का प्रदर्शन और बिक्री करते हैं।

रामनवमी मेला

राम भले अयोध्या में जनमे हों, लेकिन उनके जन्म का महोत्सव तो झारखंड में ही मनाया जाता है। ऐसा महोत्सव या उत्सव देश में कहीं नहीं मनाया जाता। झारखंड के हजारीबाग में इसकी शुरुआत हुई और राँची-पलामू को अपने आगोश में ले लिया। इस पावन अवसर पर राँची राम रस, वीर रस की धुन में मगन हो जाती है। हवाओं में राम। फिजाओं में

राम। गली-गली में जय श्री राम और जय हनुमान का वीरोचित उद्घोष सुनाई पड़ने लगता है। सड़कों पर हजारों रामभक्तों का हुजूम उमड़ पड़ता है, जिसे जन सैलाब कहा जा सकता है। अल्बर्ट एक्का चौक से लेकर तपोवन गली तक सड़क के किनारे ही मेला लग जाता है। तपोवन मंदिर में भी एक भव्य मेले का आयोजन किया जाता है।

जुलूस में करीब साढ़े सात सौ अखाड़े भाग लेते हैं। अखाड़ों के साथ चलती हजारों की भीड़। हर हाथ में भगवा झंडा। भाँजते तलवार, फरसा, कटार, लाठी… । एक साथ शक्ति और भक्ति का प्रदर्शन। माथे पर बासंती पगड़ी शोभती है। राजधानी के दिल अल्बर्ट एक्का चौक पर दो बजे से ही श्रद्धालु मँडराने लगते हैं। पश्चिम की दिशा से पहला अखाड़ा अल्बर्ट एक्का चौक की ओर बढ़ता है। महावीर मंडल, जयप्रकाश नगर का जत्था। अपर बाजार के सालासर मंदिर से श्याम परिवार का जत्था। राजस्थानी समाज माथे पर राजस्थानी साफा, श्वेत वस्त्र और बासंती झंडे लेकर चलता है। आगे-आगे एक वाहन पर सवार बाँके बिहारी की मूर्ति होती है। हर-हर महादेव का नारा गूँजता है। आहिस्ता-आहिस्ता कारवाँ तपोवन मंदिर की ओर बढ़ता है। पीछे-पीछे श्रीराम सेना, पहाड़ी भक्त मंडल, अरगोड़ा, चैती दुर्गापूजा समिति, हनुमान मंदिर, कोकर, होटवार, गांधी चौक, रातू रोड, भावनगर काँके के अखाड़े अपना प्रदर्शन कर चलते जाते हैं। जुलूस में पीला, नीला, फिरोजी, भगवा, कई रंगों के झंडे लहराते हैं। जुलूस दो बजे से ही शुरू हो जाता है। चार बजते-बजते भीड़ लाखों तक पहुँच जाती है। छह बजे तक तो तिल रखने की भी जगह नहीं बचती।

विशाल शोभायात्रा के सफल संचालन को लेकर राजधानी को सात क्षेत्रों में बाँट दिया जाता है। 17 टोलियों का गठन कर संचालन व नेतृत्व की जिम्मेदारी सौंपी जाती है। मुख्य शोभायात्रा पंडरा, बजरा से निकलकर पिस्का मोड़, रातू रोड होते हुए महावीर चौक पहुँचती है। दूसरी शोभायात्रा

धावलनगर, काँके रोड, हातमा, गांधीनगर से होकर महावीर चौक पहुँचती है। बड़ागाई, बरियातू, मेडिकल चौक, एदलहातू, मोरहाबादी, कचहरी चौक की ओर से आने वाली शोभायात्रा शहीद चौक के रास्ते तपोवन मंदिर पहुँचती है। पुंदाग, अरगोड़ा, गाड़ीखाना, पुरानी राँची की ओर आने वाली शोभायात्राएँ भी शहीद चौक के रास्ते तपोवन पहुँचती हैं। गाड़ी होटवार, कोकर, लालपुर, थड़पकना की ओर से आने वाली शोभायात्राएँ अल्बर्ट एक्का चौक से आगे बढ़ती हुई तपोवन मंदिर जाती हैं।

सभी अखाड़ेधारी तपोवन मंदिर पहुँचने के बाद धीरे-धीरे अपने-अपने स्थान की ओर लौटने लगते हैं। संध्या छह बजे से अखाड़ाधारी लौटने लगते हैं। यह क्रम रात्रि दस बजे तक चलता है। इसके बाद अपने-अपने स्थल पर पहुँचने के बाद झंडों का पूजन किया जाता है। इस दिन पूरा शहर मेले में तब्दील हो जाता है। जगह-जगह झूले लगते हैं। तरह-तरह के सामान बिकते हैं। राँची ही नहीं, आसपास के गाँवों से भी हजारों लोग इसे देखने के लिए आते हैं। इसी तरह का आयोजन रामनवमी पर हजारीबाग में होता है। यहाँ दो दिन लग जाते हैं जुलूस निकालने में। रातभर जुलूस चलता रहता है। इस तरह हजारीबाग का शहर भी रामनवमी पर एक विशाल मेले में तब्दील हो जाता है। पलामू में भी इसी तरह का आयोजन होता है। झारखंड के दूसरे जिलों में भी रामनवमी पर मेला लगता है।

दुर्गा पूजा मेला

प. बंगाल के बाद झारखंड में बड़े स्तर पर दुर्गा पूजा का आयोजन होता है। राँची, धनबाद और जमशेदपुर के लिए हर जिले और प्रखंडों में दुर्गा पूजा का आयोजन होता है और इस मौके पर मेले का भी आयोजन होता है। हर जगह एक विशाल मेले का आयोजन होता है। राँची में दुर्गा पूजा का इतिहास भी काफी पुराना है। अनुमान है कि रातू के राजबाड़ी में

सन् 1870 में दुर्गा पूजा का पहला आयोजन किया गया था। कहा जाता है कि रातू के महाराज उदय प्रताप सिंह की माता लखन कुँवरी देवी को राजबाड़ी में दुर्गा पूजा के आयोजन के लिए माँ भवानी से स्वप्नादेश प्राप्त हुआ था। तब से यानी सन् 1870 से रातू में इसका आयोजन होता आ रहा है। इसके बाद सन् 1883 में श्री श्री हरिसभा का गठन कर दुर्गा पूजा की शुरुआत महात्मा गांधी पथ अल्बर्ट एक्का चौक के पास दुर्गाबाटी में की गई। प्रारंभ में यहाँ बलि देने की परंपरा थी, लेकिन सन् 1927 में इस प्रथा को बंद कर दिया गया। सन् 1890 से आज जहाँ दुर्गाबाड़ी है, उसके सामने एक मेले का भी आयोजन होता था। मेला पाँच दिनों तक चलता था, लेकिन बाद में बढ़ती जनसंख्या के कारण मेला बंद कर दिया गया।

आज यहाँ पर शास्त्री मार्केट है। सन् 1912 में डोरंडा दुर्गा पूजा का आरंभ किया गया। इसके बाद धीरे-धीरे पूजा पंडाल बढ़ते गए और आज करीब डेढ़ सौ छोटे-बड़े पंडाल बनाए जाते हैं। बसारगढ़ की दुर्गा पूजा भी काफी प्रसिद्ध है। यहाँ पर भैंसे की बलि दी जाती है। उसी तरह रातूगढ़ में भी बलि देने की परंपरा है।

दुर्गा पूजा के दौरान कई पूजा समितियाँ मेले का भी आयोजन करती हैं। दुर्गाबाड़ी, भारतीय नवयुवक संघ, बकरी बाजार, राँची, राजस्थान मित्र मंडल, कोकर दुर्गा पूजा राँची के अलावा धनबाद, जमशेदपुर में भी इस अवसर पर मेलों का आयोजन होता है। बच्चों के लिए झूले, मौत का कुआँ तथा अन्य मनोरंजन के साधन, खान-पान आदि के स्टाल लगाए जाते हैं। सप्तमी से ही पंडालों में माँ की प्रतिमाएँ स्थापित होने लगती हैं। कोलकाता से ढाकिए आते हैं। वेल वरण के साथ माँ का पट खुलता है। कोलकाता के बाद राँची में पंडालों की कारीगरी देखते बनती है। अष्टमी और नवमी को राँची पूरी रात जागती है। पूरा शहर पंडालों को देखने के लिए उमड़ पड़ता है। दुर्गा पूजा के दौरान लगातार चार दिनों तक माँ के चरणों में पुष्पांजलि अर्पित की जाती है। पूजा के दौरान भोग लगाया जाता है, जो सामाजिक

समरसता का प्रतीक होता है। माँ को कई प्रकार के व्यंजन बनाकर चढ़ाए जाते हैं। इसमें खिचड़ी, सब्जी, भुजिया, खीर, चटनी आदि शामिल हैं। बाद में इसे प्रसाद के रूप में वितरित किया जाता है। खिचड़ी के लिए तो भक्तों की लंबी-लंबी लाइनें लगती हैं। इस तरह सप्तमी से लेकर दशमी तक यहाँ कई स्थानों पर मेलों का आयोजन होता है।

दशानन दहन मेला

देश के अन्य राज्यों के समान झारखंड में भी विजयादशमी का पर्व धूमधाम के साथ मनाया जाता है। राँची के मोरहाबादी मैदान में इस अवसर पर भव्य मेले का आयोजन होता है। यहाँ राज्य के मुख्यमंत्री ही रावण का दहन करते हैं। हालाँकि मोरहाबादी के अलावा बड़े पैमाने पर टाटी सिल्वे व अरगोड़ा, मेकॉन कालोनी में रावण, कुंभकरण व मेघनाद का पुतला जलाया जाता है। मोरहाबादी में पुतला दहन कार्यक्रम का आयोजन अब पंजाबी हिंदू बिरादरी करती है।

भारत-पाकिस्तान बँटवारे के बाद बहुत से लोग राँची आ गए। उनके लिए राँची रेलवे स्टेशन जाने वाली सड़क पर खजुरिया तालाब के पास कैंप बना। यहाँ अपने पहले दशहरे पर रावण दहन का आयोजन किया। समाज के मुखिया लाला खिलदा राम भाटिया ने अपने सहयोगियों के साथ 12 फीट के रावण का पुतला बनवाया। इसमें लाल कृष्ण नागपाल, शादीराम भाटिया, कृष्णलाल शर्मा, अमरचंद्र समीजा तथा अशोक नागपाल ने सहयोग दिया। उस समय के डिग्री कॉलेज (अब का राँची कालेज, राँची विश्वविद्यालय कैंपस) में आसपास के दो-तीन सौ लोगों के बीच रावण का दहन किया गया। धीरे-धीरे आयोजन देखने वालों की भीड़ बढ़ती गई। भीड़ को देखते हुए सन् 1950 से 1955 तक रावण दहन शिफ्टन पवैलियन में होने लगा। रावण के पुतले का निर्माण पहले रेस्ट कैंप और बाद में डोरंडा राम मंदिर कैंप में होने लगा। सन् 1955 तक रावण का मुँह गधे का होता

था। बाद में मानव मुखौटों का प्रयोग होने लगा।

अब इसका आयोजन पंजाबी-हिंदू बिरादरी करती है और राज्य के मुखिया ही रावण का दहन करते हैं। इसे देखने के लिए राँची के अलावा आसपास के प्रखंडों से भी लाखों लोग आते हैं। रावण दहन के दौरान आतिशबाजी और अन्य करतब भी लोगों को आकर्षित करते हैं। वैसे, तो रावण दहन पूरे राज्य में होता है, लेकिन देवघर में रावण का दहन नहीं, पूजा होती है। चूँकि वहाँ पर रावण ने खुद ही शिवलिंग को स्थापित किया था, इसलिए वहाँ उसकी पूजा होती है। भीड़ को देखते हुए ही मोरहाबादी, अरगोड़ा और टाटीसिल्वे के मैदान में मेला भी लग जाता है। इसे देखने के लिए लाखों लोग उमड़ पड़ते हैं। मेले के लिए और क्या चाहिए; भीड़, जो यहाँ आसानी से उपलब्ध हो जाती है।

टुसू मेला

झारखंड के पंच परगना का टुसू मेला काफी प्रसिद्ध है। पूस के पहले दिन से इस मेले की शुरुआत होती है। यह टुसू कन्या की स्मृति में

मनाया जाता है। वैसे झारखंड टुसू मेला के संदर्भ में कई प्रकार की लोककथाएँ प्रचलित हैं। टुसू नाम की लड़की या युवती एक नहीं, कई हैं। सबकी कहानियाँ अलग-अलग हैं। एक कथा के अनुसार एक राजा की बेटी का नाम टुसू था। वह युवावस्था में मर गई। राजा बेहद दुःखी हुआ। उसने सारे कामकाज बंद कर दिए। मित्रों ने टुसू की प्रतिमा बनाकर राजा को दी, तब उसका मन स्थिर हुआ। वे फिर अपना कामकाज करने लगे। तब से टुसू पर्व मनाने की परंपरा शुरू हुई।

दूसरी कथा इस प्रकार है—टुसू नाम की एक युवती का पति मर गया। वह सती हो गई। उसकी स्मृति में टुसू पर्व शुरू हुआ। टुसू में राधा का ही दूसरा नाम माना जाता है। झारखंड में प्रचलित किंवदंती के अनुसार, कुँवारी लड़कियाँ भगवान् कृष्ण जैसा वर पाने के लिए टुसू पर्व मनाती हैं। इस अवसर पर राधा-कृष्ण की टुसू प्रतिमाएँ बनाई जाती हैं। कुँवारी लड़कियाँ धूप, दीप, अक्षत, फूल से टुसू की पूजा करती हैं। पूजा के बाद टुसू गीत गाती हैं। घर की कन्या के साथ परिवार की सभी औरतें मिलकर गाती हैं। इस विधि को टूसू स्थापना कहा जाता है।

अगहन संक्रांति के दिन कुँवारी लड़कियाँ टुसू की पूजा करती हैं। मकर संक्रांति के दिन सूर्योदय के पूर्व टुसू की विदाई की परंपरा संपन्न की जाती है। उस समय तक किसानों के घर खेतों से अनाज की नई फसल आ जाती है। इसलिए टुसू पर्व से एक दिन पूर्व आठ प्रकार के अनाजों का भूँजा बनाया जाता है। उसे टुसू को अर्पित किया जाता है। उसी दिन तिल का विशेष पीठा बनाया जाता है। लड़कियाँ रतजगा करती हैं। उस दिन को आँवड़ी-बाउंड़ी कहा जाता है। पीठा लेकर टुसू की विदाई का रिवाज लोकोत्सव का अनोखा नजारा प्रस्तुत करता है। आमतौर पर रंग-बिरंगे कागजों व बाँस की खपचियों से मंदिरनुमा चौड़ल बनाया जाता है। उसी में टुसू की स्थापना की जाती है। किसी नदी या तालाब में चौड़ल के साथ टुसू की प्रतिमा का विसर्जन किया जाता है। जहाँ

विसर्जन होता है, वहाँ मेला भी लगता है।

विसर्जन के बाद नदी में स्नान किया जाता है। सामूहिक भोज, खेल, हँसी-ठिठोली और नृत्य-संगीत का दौर चलता है। विसर्जन के बाद युवक शौर्ययुक्त खेलों का प्रदर्शन करते हैं। संक्रांति के दूसरे दिन किसान अपने खेतों में तीस चक्कर हल चलाकर आते हैं। इसे धुरउड़ी कहते हैं। मकर संक्रांति के अवसर पर सभी घरों में चावल के आटे से अरसा, पीठा बनता है। चूड़ा, दही, गुड़ और तिल के लड्डू या तिलकुट का विशेष महत्त्व है। नदी में स्नान के बाद चौड़ल को भी विसर्जित कर दिया जाता है। इसी दिन सती घाट, हुंडरू, गौतमधारा, खूँटी में तजना नदी पर रंगरोड़ी स्थान पर बृहद् मेला लगता है। इसके दूसरे दिन भी सिल्ली के समीप स्वर्णरिखा नदी के किनारे मेला लगता है। इसे हरिहर मेला कहते हैं। सती घाट मेला स्वर्णरिखा और काँची नदी के संगम स्थल से आधा कि.मी. दूर दक्षिण में लगता है। मकर संक्रांति के दिन तथा उसके अगले दिन बड़ी संख्या में नर-नारी स्वर्ण रेखा की पवित्र धारा में स्नान करते हैं।

मान्यताओं के अनुसार, टुसू एक गरीब कुरमी कृषक की सुंदर कन्या थी। उसकी सुंदरता की चर्चा धीरे-धीरे संपूर्ण राज्य में हो गई। यह चर्चा तत्कालीन क्रूर राजा के दरबार तक भी जा पहुँची। राजा ने टुसू को पाने के लिए रणनीति बनाई। उस वर्ष राज्य में भीषण अकाल पड़ा था। किसान लगान देने की हालत में नहीं थे। इसका फायदा उठाते हुए राजा ने लगान दुगुना कर दिया तथा जबरन वसूली शुरू करवा दी। राज्य के कृषक इससे परेशानी में पड़ गए। राजा के आतंक से निपटने के लिए टुसू किसानों का संगठन बनाकर आगे आई।

राजा के सैनिकों और किसानों की सेना के बीच युद्ध हुआ। युद्ध में हजारों किसान मारे गए। किसानों को हार माननी पड़ी, लेकिन टुसू गिरफ्त में नहीं आई और उसने उफनती नदी में कूद कर अपनी जान दे दी। इस तरह वह शहीद हो गई। टुसू का पर्व उस साहसी युवती की कुरबानी की

याद में मनाया जाता है। टुसू की प्रतिमा का नदी में विसर्जन कर एक तरह से समाज उसे अपनी श्रद्धांजलि अर्पित करता है।

झारखंड में इस पर्व की महत्ता का अहसास इसी से हो जाता है कि अधिकांश कार्यालयों और कार्यस्थलों पर लोग अवकाश पर चले जाते हैं। काम लगभग ठप- सा हो जाता है। टुसू का उत्सव यहाँ लोग डूब कर मनाते हैं और यह कई दिनों तक चलता है।

टुसू पर्व कृषकों के घरों में संपन्नता का प्रतीक है। इस पर्व के साथ कई सामाजिक परंपराएँ जुड़ी हैं, जिसके कारण सामाजिक एवं सांस्कृतिक दृष्टिकोण से टुसू पर्व का महत्त्व है। एक सती स्त्री के रूप में भी टुसू की पूजा-अर्चना की जाती है। यह पर्व पौष भर मनाया जाता है और माह के अंतिम दिन मकर संक्रांति को विसर्जन होता है। कृषक खेत-खलिहान का कार्य समाप्त करने के बाद इस पर्व को मनाते हैं, जिसके कारण इस पर्व को 'पूस परब' कहा जाता है। पर्व पर विशेष रूप से तैयार किए गए पीठा को 'पूस पीठा' कहा जाता है।

टुसू कन्या की स्मृति में पौष के प्रथम दिन संध्या के समय अविवाहित लड़कियाँ मिट्टी के एक प्याले में टुसू की प्रतिमा स्थापित करती हैं। प्याले में चावल गुंडी के गोल पिंड तथा गोबर के गोले होते हैं। इसे टुसू की प्रतिमूर्ति मान लिया जाता है। कुछ जगहों पर टुसू की मूर्ति बनाई जाती है। पश्चिमी बंगाल एवं सीमावर्ती क्षेत्र राँची, खूँटी, तमाड़, सरायकेला-खरसावाँ में चौडल बनाकर टुसू की पूजा की जाती है। सारी तैयारियाँ पूरी करने के बाद लड़कियाँ दीप-धूप, अगरबत्ती एवं फूल से टुसू की पूजा करती हैं। विभिन्न प्रकार के टुसू गीत से टुसू का स्वागत एवं अभिवादन किया जाता है। रात्रि को प्रतिदिन घंटों टुसू संगीत-नृत्य का क्रम चलता है। इस तरह पौष पर्व का प्रारंभ टुसू प्रतिमा की स्थापना से होता है। इसे प्रचलित भाषा में 'टुसू थापना' कहते हैं। स्थापना से लेकर महीने भर प्रत्येक शाम ताजे फूल चढ़ाकर दीपक से आरती की जाती है।

पौष महीना समाप्त होने से एक दिन पहले खासी चहल-पहल रहती है। इस दिन तिल भरकर पीठा बनाया जाता है। रात्रि में आठ प्रकार के अनाज भूँजे जाते हैं और भूँजे अनाज को टुसू पर चढ़ाया जाता है। लोगों का मानना है कि टुसू को भूँजा बहुत पसंद है। सुबह होते ही विभिन्न प्रकार की खाद्य सामग्री लेकर टुसू की प्रतिमा नदी में विसर्जित की जाती है। कहीं-कहीं कागज, मोर पंख तथा लकड़ी की खपच्ची की सहायता से रंग-बिरंगे मंदिर बनाकर टुसू की प्रतिमा को सुसज्जित किया जाता है। विसर्जन के पूर्व टुसू की प्रतिमा को फूलों की मालाओं से सजाया जाता है। कई गाँवों के लोग नदी तट पर एकत्रित होकर घंटों सामूहिक रूप से नाचते गाते हैं, जहाँ मेले का दृश्य उत्पन्न हो जाता है।

जगन्नाथपुर रथयात्रा मेला

राँची शहर के दक्षिण पूर्व में 10 कि.मी. की दूरी पर जगन्नाथपुर मेला लगता है। मेला रथयात्रा के दौरान यानी आषाढ़ शुक्ल पक्ष द्वितीया से नौ दिनों तक लगता है। श्रावणी मेले के बाद राज्य में लगने वाला यह सबसे बड़ा मेला है। मेले में झारखंड सहित पड़ोसी राज्यों से भी लोग आते हैं। दुकानदार भी आसपास के जिलों के अलावा झारखंड से सटे प.

बंगाल के जिलों से अपनी-अपनी दुकानें लेकर आते हैं। मेले में आदिवासी सदान की जरूरत के सभी सामान मिलते हैं। तीर-धनुष से लेकर जाल, तलवार, मछली पकड़ने के सामान, घरेलू सामान, तावा, सिल बट्टा, बेलन, महिलाओं के प्रसाधन के सामान भी खूब बिकते हैं।

प. बंगाल और झारखंड की देसी मिठाइयाँ भी मेले की एक पहचान है। जो भी मेले में आता है, इनका स्वाद लेना नहीं भूलता। यहाँ मनोरंजन के साधन भी खूब होते हैं। झूले से लेकर जादूगर तक। मौत के कुएँ में रोमांचकारी मोटरसाइकिल व कार को दौड़ते देख सकते हैं।

सन् 1857 में तो यह स्थल क्रांतिकारियों का मिलन व योजना स्थल था। वे अपनी रणनीतियों का प्रचार-प्रसार इसी मेले में करते थे और पूरे झारखंड में अपना प्रचार-प्रसार करते थे, पर यह होता था पूरे गुपचुप तरीके से। अंग्रेजों को इसकी भनक तक नहीं लगती थी। आज भी इस मेले की रौनक बरकरार है।

मंदिर बड़कागढ़ क्षेत्र में 250 फीट की ऊँची पहाड़ी पर स्थित है। मंदिर की ऊँचाई करीब सौ फीट है। बड़कागढ़ के ठाकुर महाराजा रामशाही के चौथे पुत्र ठाकुर ऐनीनाथ शाहदेव ने 25 दिसंबर, 1691 को इसका

निर्माण करवाया था। मंदिर वर्तमान का निर्माण करीब एक करोड़ की लागत से सन् 1991 में कराया गया। हालाँकि मंदिर का निर्माण अब भी जारी है।

मुख्य मंदिर से आधा कि.मी. दूर मौसीबाड़ी है। नौ दिनों तक यहाँ मेला लगता है। इस मेले में पूरे झारखंड से लोग आते हैं और भगवान् जगन्नाथ स्वामी, भाई बलदेव एवं बहन सुभद्रा का दर्शन करते हैं। साल में आठ दिनों तक भगवान् मौसीबाड़ी में निवास करते हैं। इन विशाल देव प्रतिमाओं के आसपास धातु से बनी वंशीधर की मूर्तियाँ भी हैं, जो मराठाओं से यहाँ के नागवंशी राजा ने विजय चिह्न के रूप में प्राप्त की थीं।

वर्तमान मंदिर पुरी के जगन्नाथ मंदिर के स्थापत्य की तर्ज पर ही बनाया गया है। गर्भ गृह के आगे भोग गृह है। भोग गृह के पहले गरुड़ मंदिर हैं, जहाँ बीच में गरुड़जी विराजमान हैं। गरुड़ मंदिर के आगे चौकीदार मंदिर है। ये चारों मंदिर एक साथ बने हुए हैं। इसके आगे वर्तमान जगन्नाथ मंदिर न्यास समिति की देख-रेख में सन् 1987 में एक विशाल छज्जे का निर्माण हुआ है। अब यहाँ एक विशाल भवन बन गया। हर साल भगवान् के विग्रह रथ यात्रा के दिन इसी स्थल के पास सर्वदर्शन के लिए लाए

जाते हैं। भगवान् की रथ यात्रा हर साल आषाढ़ द्वितीया शुक्ल पक्ष को आयोजित होती है। आठ दिनों तक मौसीबाड़ी में भगवान् विश्राम करते हैं। पूजा की प्रक्रिया यहीं पूरी होती है। नौवें दिन भगवान् अपने बड़े भाई व बहन के साथ मुख्य मंदिर के लिए प्रस्थान करते हैं। इस वापसी रथ को घुरती रथ भी कहा जाता है। मौसीबाड़ी जाने एवं आने के क्रम में रथ खींचने के लिए काफी संख्या में भक्त आतुर रहते हैं। भीड़ इतनी होती है कि इन्हें नियंत्रित करने के लिए स्वयंसेवी कार्यकर्ताओं के अलावा पुलिस बल के काफी जवान तैनात किए जाते हैं।

डोंबारी बुरू मेला

डोंबारी बुरू धरती आबा भगवान् बिरसा मुंडा से जुड़ा ऐतिहासिक स्थल है। 9 जून, उनके शहादत दिवस और 15 नवंबर, उनके जन्म दिवस पर यहाँ मेला लगता है। यह पहले राँची जिले में था, लेकिन खूँटी जिला बन जाने के बाद अब यह खूँटी जिले में चला गया है। 9 जनवरी को भी यहाँ भारी संख्या में लोग जुटते हैं, क्योंकि अंग्रेजों ने 9 जनवरी, 1900 को हजारों मुंडाओं का बेरहमी से नरसंहार कर दिया था। इसमें महिलाएँ और बच्चे काफी संख्या में कत्ल किए गए थे। इस पहाड़ी पर बिरसा मुंडा अपने प्रमुख 12 शिष्यों सहित हजारों मुंडाओं को जल, जंगल, जमीन बचाने को लेकर संबोधित कर रहे थे। आसपास के दर्जनों गाँवों से लोग एकत्रित होकर भगवान् बिरसा को सुनने गए थे। बात अभी शुरू ही हुई थी कि अंग्रेजों ने डोंबारी बुरू को घेर लिया। हथियार डालने के लिए अंग्रेज मुंडाओं को ललकारने लगे, लेकिन मुंडाओं ने हथियार डालने की बजाय शहीद होने का रास्ता चुना। फिर क्या था, अंग्रेजों की सैनिक टुकड़ी टूट पड़ी और हजारों को मौत के घाट उतार दिया। बिरसा मुंडा गिरफ्तार कर लिए गए और उन्हें आज के बिरसा मुंडा कारावास में बंद कर दिया गया।

अश्विनी कुमार पंकज ने लिखा है, 'डोंबारी झारखंड की मुक्तिगाथा गाता हुआ पहाड़ है। इसके मजबूत सीने में उलगुलान के गीत और शहादतों-भरी लड़ाई के किस्से हैं। यह प्रत्यक्षदर्शी है, जिसने देखा है, 1900 का वह जनविद्रोह, जिसे हम बिरसा मुंडा के उलगुलान के नाम से जानते हैं। स्वतंत्रता, स्वाभिमान की वह लड़ाई, जिसके गीत आज भी झारखंडियों के खून में उबाल ला देते हैं।'

डोंबारी बुरू तक सड़क का निर्माण कर दिया गया है। पहाड़ की चोटी पर एक विशाल स्तंभ बना हुआ है, जो दूर से ही दिखाई देता है। पहाड़ की चोटी पर पहुँचने से घाटियों का नजारा दिखता है। पहाड़ दर पहाड़…घाटियाँ…आकाश चूमते वृक्ष। यहाँ पहुँचते ही बिरसा का उलगुलान जीवित हो उठता है। इस तरह उस इतिहास से जुड़ने और जोड़ने के लिए यहाँ मेले का आयोजन किया जाता है।

सुकन बुरू मेला

बिरसा मुंडा की रणभूमि में लगने वाला सुकन बुरू मेला मुंडाओं का प्रसिद्ध मेला है। यहाँ मुंडाओं के नृत्य रात भर चलते हैं। डॉ. रामदयाल मुंडा इस सुकन बुरू में एक विशाल त्रिस्तरीय अखरा बनवाना चाहते थे। मेले का आयोजन दिसंबर के मध्य में शुरू होता है। फिर दूसरी जगहों के लिए चला जाता है। यह माघ मेले की तरह घूमता हुआ मुंडाओं का मेला है। पूस मास की पूर्णिमा के नौवें दिन सुकन बुरू में मेला आरंभ होता है।

महामाया मंदिर का मेला

लोहरदगा से 14 कि.मी. दूर गम्हरिया नामक स्थान से पश्चिम की ओर एक कि.मी. दूर स्थित है हापामुनि। यहाँ चमत्कारी महामाया का मंदिर है। इस मंदिर का निर्माण नागवंश के 22वें राजा गजघंट ने कराया था और इसके पुरोहित थे मराठा पंडित हरिनाथ। यह मंदिर झारखंड राज्य के गुमला

जिला मुख्यालय से 33 कि.मी. और घाघरा ब्लॉक से 08 कि.मी. दूर स्थित है। मंदिर गुमला जिले में पड़ता है, लेकिन लोहरदगा से काफी नजदीक है।

राजा गजघंट राय ने ही सन् 965 में हापामुनि गाँव में महामाया (भगवती) के इस दिव्य मंदिर का निर्माण कराया था, लेकिन बाद में इस मंदिर को लरका आंदोलन (कोल विद्रोह) सन् 1831 में इस क्षेत्र के दो आदिवासियों के बीच में लड़ाई के दौरान बरबाद कर दिया गया। टूटे हुए मंदिर के अनेक वर्गाकार पत्थरों पर 965 संवत् स्पष्ट अंकित है। सो, इस मंदिर का निर्माण इसी साल में कराया गया होगा या बनकर तैयार हुआ होगा। मंदिर को तोड़ने के एक साल के भीतर ही नया मंदिर बनकर तैयार हो गया। भुवनेश्वर अनुज मंदिर का निर्माण सन् 908 में मानते हैं। वे एक अभिलेख के सहारे इसका काल निर्धारण करते हैं। अभिलेख पर अंकित है—

'पृषकत्व सांकोशन दिन राम राधा सिते
खर्व नागारव्यो देशे महामायास्य दृषदालये
हापमुनौ ग्रामौ स्थापितम महाकृमत
अहम गजघंट राम महिपति मोहनराय सुत।'

महाराष्ट्री पुरोहित हरिनाथ का नाम यहाँ के दानपात्र में उल्लिखित है। अभिलेख से स्पष्ट होता है कि महामाया मंदिर की स्थापना महाराज मोहन राय के पुत्र गजघंट ने 965 संवत् यानी सन् 908 में की थी। अभिलेख के अनुसार अंकों की गणना इस प्रकार है—पृषक (बाण) 5, रस-6 तथा अंक 9, पर इसमें संवत् का उल्लेख नहीं है। डॉ. रामखेलावन पांडेय हापामुनि गाँव के बारे में कहते हैं कि ग्राम हप्पामुनि नहीं जैसा कि अभिलेख में है, बल्कि मुनि है, कृयप पत्नी, हप्पा नामक नागों की माता। मनसा को यदि छोटानागपुरी रूप हप्पा हो तो आश्चर्य नहीं। इस प्रकार हप्पा मुनि वस्तुतः नागेश्वरी और महामाया है। सर्प सप्प होकर हप्प हो गया, ऐसा लगता है।

प्रारंभ में मंदिर में माँ काली की प्रतिमा स्थापित की गई। बाद में सन् 1458 में नागवंशी राजा शिवदास कर्ण ने महाविष्णु की भी मूर्ति स्थापित

की। उस समय के राजगुरु थे मराठा द्विज शिवनाथ देव।

मूर्ति के आसन पर अभिलेख भी उत्कीर्ण है, जो पूरी कहानी बयाँ करता है, '*सही हम छोटानागपुर के महाराजा शिवदास कर्ण इ देवता को मंदिर बनवाय को स्थाप किया। इस देवता को मौजे हापामुनि, जो छोटानागपुर राजा को गुरु होयगे, उनका सेवा-पूजा करावेंगे। राजगुरु के वास्ते यह मौजा। इ देवता का पूजा भंग स्थान भंग करे-करावे के भला न जाय।*'

इतिहासकार बताते हैं कि जब मंदिर का निर्माण हुआ, तब इस क्षेत्र में काफी उथल-पुथल मची हुई थी। इसमें राष्ट्रकुटों, पालवंशियों, रक्सेलों तथा नागवंशियों के अधिकार तथा मैत्री के सांस्कृतिक संगम के परिणामस्वरूप ही हप्पामुनि के महामाया मंदिर की स्थापना हुई। पालवंश के राजा का राज्यारोहण सन् 908 में ही हुआ था। इसी साल हाप्पामुनि के मंदिर का निर्माण करना एक संयोग और मैत्री का प्रतीक है। राष्ट्रकूटों तथा पालवंश के इसी राजा के साथ वैवाहिक संबंध भी हुआ था। इस प्रकार राष्ट्रकुटों के मराठा गुरु द्वारा नागवंशी राजा के अधिकार क्षेत्र के हाप्पामुनि में काली की प्रतिमा के साथ मंदिर का निर्माण बड़ा महत्त्व रखता है। हाप्पामुनि से आगे थोड़ी दूर पर तेलियागढ़ का अवशेष है, जहाँ गढ़ के अंदर की मिट्टी में से सोना धोकर निकाला जाता है।

जिस समय मंदिर का निर्माण हुआ, वह समय राजनीतिक दृष्टि से काफी उथल-पुथल का था। नागवंशी राज्य में युद्ध एवं अशांति का वातावरण था। क्षेत्र में सुख-शांति दूर की कौड़ी हो गई थी। संकट को दूर करने के लिए ही पुजारी ने माँ काली के मंदिर के निर्माण का सुझाव दिया। मंदिर की स्थापना तांत्रिक ने कराई थी। इसलिए, यह मंदिर एक तांत्रिक पीठ के रूप में प्रसिद्ध हो गया। यहाँ माँ के दर्शन के लिए भक्तों का ताँता लगा रहता है। भक्त अपनी मनोकामना पूरी करने के लिए आते हैं। कहा तो यह भी जाता है कि यहाँ पहले संदिग्ध अपराधियों को भी लाया जाता था और मंदिर परिसर में प्रवेश करने से पूर्व ही वह अपना अपराध कबूल कर लेता था।

मंदिर में महामाया के अलावा वंशीधर कृष्ण, शेष शैया पर विराजमान विष्णु, महालक्ष्मी एवं शिवलिंग हैं। मंदिर का द्वार पश्चिम की ओर है। बताया जाता है कि पहले यह मंदिर पूर्वाभिमुख था, लेकिन कोल विद्रोह के दौरान इस मंदिर को काफी क्षतिग्रस्त कर दिया गया। विद्रोहियों ने महामाया मंदिर को जाते हुए कहा कि अगर महामाया में शक्ति है तो इस मंदिर का द्वार पूर्व की जगह पश्चिम की ओर हो जाए। विद्रोहियों की इस बात से मंदिर में काफी गड़गड़ाहट हुई और मंदिर का द्वार पूर्व की जगह पश्चिम की दिशा में हो गया था। इसका उल्लेख तब के पुजारी बरजूराम ने अपने एक गीत में किया है—

खल तो हनत सब तने
आपे से मुख मंदिल किरू पछिम करे
गेसा जइन महल—हापामुनि देखे गहवरे

कथा में जो भी सचाई हो। इसी से जुड़ी एक कथा और है। बताते हैं कि पुजारी बरजूराम की सहायता के लिए राधो राम नामक एक दुसाध भी हमेशा उनके साथ रहता था। जब विद्रोहियों ने पुजारी के पुत्र एवं पत्नी की हत्या कर दी, तब बरजूराम, जो उस समय पूजा में लीन था, को इसकी सूचना राधो ने दी। इस आघात से अपनी सुरक्षा के लिए राधो ने महामाया से प्रार्थना की। तब महामाया ने कहा—मारेहुए निरभेए जया तोही पाछे महामाया—

उलटी नहीं देखब गे साजइन
उलटी देखले जीव हानि गे साजइन
तोही पाले महामाया।

कथा के अनुसार, नौ दिन तक राधो विद्रोहियों को मारता-काटता आगे बढ़ता गया, लेकिन जब राधो ने पीछे मुड़कर देखा, तब उसका सिर कट गया। खैर, इस कथा में सच्चाई कितनी है, कहना मुश्किल है, लेकिन महामाया के पूर्व राधो राम को भोग चढ़ाया जाता है। पुराने मंदिर परिसर

में राधो राम के नाम पर लाल झंडा फहरता रहता है। राधो राम को देवरिया के नाम से जाना जाता है। मंदिर में हर रोज सुबह-शाम आरती होती है और भोग लगता है। यहाँ आने वाले भक्तों को हर दिन दो बार प्रसाद मंदिर प्रबंधन की ओर से दिया जाता है। मंदिर प्रबंधन ने अपनी एक वेबसाइट भी बनाई है।

चैत्र पूर्णिमा में लगता है मंडा मेला

अप्रैल (चैत्र पूर्णिमा) के महीने में यहाँ मंडा पूजा और मंडा मेले का आयोजन किया जाता है। मेले में भगतों के प्रवेश के बाद तालाब और बगीचे के नजदीक भगवान् महादेव (शिव) की पूजा करते हैं। मंडा वस्तुतः शिव की पूजा है। इस पूजा में सदान-आदिवासी; दोनों भाग लेते हैं। यह दो संस्कृतियों के समन्वय का प्रतीक पर्व है। मंडा पूजा का एक विशिष्ट आयोजन होता है आग पर चलना। इसे यहाँ स्थानीय भाषा में फूलखूँदी कहते हैं। इस अनुष्ठान में दहकते अंगारे पर भोगता बहुत आसानी से चलते हैं। यह अर्धरात्रि को होता है, जिसे देखने के लिए हजारों की भीड़ जुटती है।

डोल जतरा

गुमला जिले के कुम्हरिया के बाकीर में डोल जतरा का आयोजन जून में किया जाता है। डोल जतरा पूर्वजों की प्राचीन परंपरा के रूप में जीवित है। यह मेला आदिवासी संस्कृति की पहचान है। मेले के माध्यम से एक गाँव के लोग दूसरे गाँव में आते-जाते हैं। मेले में विभिन्न खोड़हा दलों द्वारा आदिवासी परंपरा के साथ गीत व नृत्य प्रस्तुत किए जाते हैं। मेले में शामिल होने वाले सभी खोड़हा को झंडा देकर पुरस्कृत किया जाता है।

रामरेखा धाम मेला

सिमडेगा जिले से लगभग 21 कि.मी. दूर कार्तिक पूर्णिमा व माघ पूर्णिमा के अवसर पर चारों ओर पहाड़ों के बीच इस मेले का आयोजन किया जाता है। मेले की तैयारी एक महीने पहले से ही शुरू हो जाती है। मेले में झारखंड के साथ-साथ छत्तीसगढ़, ओडिशा, बिहार एवं प. बंगाल से लाखों की संख्या में श्रद्धालु पहुँचते हैं। धाम पर पर्यटकों की सुविधा के लिए चार धर्मशालाओं एवं एक अतिथिशाला का निर्माण कर दिया गया है। वहीं पानी आपूर्ति के लिए पाइप लाइन की भी व्यवस्था की गई है। धाम तक पहुँचने के लिए लोग राँची से सिमडेगा होकर रामरेखा धाम पहुँच सकते हैं, जिसकी दूरी 196 किलोमीटर है। सिमडेगा तक पहुँचने के लिए बसों एवं टैक्सियों की व्यवस्था रहती है। वहाँ से रामरेरखा धाम तक जाने के लिए यात्री वाहन उपलब्ध रहते हैं। छोटे वाहन पहाड़ के ऊपर बने मंदिर तक पहुँच जाते हैं। दोनों अवसरों पर लगने वाले मेले में लाखों श्रद्धालु यहाँ पहुँचते हैं। वे दान, दर्शन, पूजा-अर्चना करते हैं।

झारखंड का यह रामरेखा धाम अत्यंत रमणीय और पावन स्थल है। आस्था का केंद्र भी है और ऐतिहासिक धरोहर भी। इसकी ख्याति झारखंड के साथ-साथ बृहद् झारखंड छत्तीसगढ़ एवं ओडिशा में फैली है। झारखंड एवं छत्तीसगढ़ की सीमा पर स्थित यह पवित्र स्थल भगवान् राम से जुड़ी स्मृतियों से अवगत कराता है। पौराणिक मान्यताओं के अनुसार, यही वह पवित्र स्थल है, जहाँ कभी त्रेता युग में मर्यादा पुरुषोत्तम राम ने अपने चरण रखे थे। भगवान् राम के साथ उनकी पत्नी सीता तथा भाई लक्ष्मण भी साथ पधारे थे। विदित हो कि जमीन तल से सैकड़ों फीट ऊपर हरे-भरे जंगलों एवं पहाड़ों से घिरे इस धाम में कई ऐसे तथ्य हैं, जो वन गमन के क्रम में राम के झारखंड पधारने की घटना के प्रमाण प्रस्तुत करते हैं। धाम में अब भी प्राचीन काल से श्याम वर्ण का शंख लोगों के मन में काफी उत्सुकता पैदा करता है। दरअसल, लोग शंख की आवाज में भगवान्

श्रीरामचंद्र का नाम महसूस करते हैं। धाम से जुड़े लोगों का कहना है कि भगवान् राम इस धरा धाम पर दो बार आए थे। पहली बार वन गमन के दौरान तथा दूसरी बार राजगद्दी के उपरांत। धाम के चट्टानों पर कई आकृतियाँ बनी हैं, जो इस स्थल से जुड़ी कहानियों और तथ्यों पर प्रकाश डालती हैं।

धाम में झुकी हुई विशालकाय गुफा के अंदर बनी लकीरनुमा आकृति ही रामरेखा के नाम से जानी जाती है। धाम परिसर में धनुषकुंड, गुप्तगंगा, अग्नि कुंड, गरुड़ की प्रतिमा, लक्ष्मण कुंड, सीता चौका चूल्हा, चरण पादुका आदि भी देखने योग्य हैं। गुफा के अंदर स्थापित की गई राम, लक्ष्मण और सीता की प्रतिमा के अलावा भगवान् शिव, राधा-कृष्ण के साथ-साथ गुफा के बाहर बने शिवालय और पंचमुखी हनुमान की प्रतिमा श्रद्धालुओं को बरबस अपनी ओर आकर्षित करती हैं। पहाड़ों के ऊपर प्राकृतिक रूप से बने धनुषकुंड, गुप्त गंगा में गरमी के दिनों में भी पर्याप्त पानी उपलब्ध रहता है। रामरेखा धाम में साल भर लोगों का आगमन होता रहता है, लेकिन प्रति वर्ष कार्तिक एवं माघ पूर्णिमा के मौके पर विशाल मेले का आयोजन किया जाता है, जिसमें सीमावर्ती प्रदेशों से भी लोग आते हैं।

सन् 1950 के आसपास बनारस से आए रामरेखा बाबा ने भी धाम के महत्त्व एवं प्रचार-प्रसार के लिए काफी प्रयत्न किया। उन्होंने साइकिल से घूम-घूमकर बलि प्रथा का विरोध कर स्वच्छ और पावन समाज के गठन के लिए पहल की। इसके लिए उन्होंने 108 गाँवों में रामरेखा धाम विकास समिति की शाखाएँ बनाईं। रामरेखा बाबा के ब्रह्मलीन होने के बाद रामरेखा धाम विकास समिति फिलहाल धाम के विकास के लिए अनवरत प्रयास में जुटी हुई है। समिति के प्रयास से ही ब्रह्मलीन रामरेखा बाबा की प्रतिमा भी धाम की गुफा में स्थापित की गई है।

रामरेखा धाम के विकास में बीरूगढ़ के राजा श्रीनिवास हुकूम सिंह

देव का भी अहम योगदान है। उन्होंने रामरेखा धाम ट्रस्ट को 90 एकड़ की उपजाऊ जमीन दान में दी थी, जिस पर फिलहाल धान के साथ-साथ लाह, उड़द और आलू की खेती बड़े पैमाने पर होती है। आज भी बीरूगढ़ के युवराज दुर्गविजय सिंह देव धाम के विकास के लिए हर समय सहयोग के लिए तत्पर रहते हैं।

कार्तिक पूर्णिमा को यहाँ तीन दिवसीय मेला लगता है, जिसमें लाखों की संख्या में दर्शनार्थी आते हैं। कुछ लोग मानते हैं कि वन गमन के समय श्री राम यहाँ चातुर्मास व्यतीत किए थे। छत्तीसगढ के जशपुर अंचल के लोग बड़ी संख्या में यहाँ आते हैं और भगवान् राम, लक्ष्मण एवं माता सीता के दर्शन का लाभ लेते हैं। श्रद्धालु यहाँ के पवित्र कुंडों का जल अपने ऊपर छिड़कते हैं। त्रेतायुग के इस पवित्र स्थल की जानकारी 250 वर्ष पूर्व विरू राज्य के तत्कालीन राजा हरिराम सिंह देव को हुई थी। बताया जाता है कि उन्होंने ने ही लकड़ी की सीढ़ी के माध्यम से गुफा का प्रवेश द्वारा खोल कर प्रवेश किया था।

गुफा के अंदर एक शिवलिंग और काले रंग का शंख मिला था, जो आज भी मौजूद है। जनश्रुति है कि इस शंख से राम-राम की ध्वनि निकल रही थी। इस चमत्कार से अभिभूत राजा ने अयोध्या से हरिभंज दास को नियमित पूजा-अर्चना के लिए वहाँ बुलवाया। वे जशपुर राजघराने के भी गुरु थे। यहाँ राम-जानकी की धातु प्रतिमा प्रतिष्ठित कर वहाँ खेती लायक भूमि का प्रबंध किया गया, जो अभी भी राम-जानकी की संपत्ति मानी जाती है। सन् 1944-45 में भगवान् बलभद्र, सुभद्रा की प्रतिमा स्थापित की गई। यहाँ कार्तिक मेले का शुभारंभ राजा निवास सिंह ने कराया था। कार्तिक पूर्णिमा पर यहाँ रात में मेला लगता है, जहाँ 2 से 3 लाख श्रद्धालु पहुचते हैं।

प्रारंभ में मेले में महकुर जाति के लोग रासलीला करते थे एवं श्रद्धालु श्रीराम के बाण से बने धनुष कुंड के पवित्र जल में स्नान कर भगवान् के

विग्रहों का दर्शन करते थे। राजा हुकुम सिंहदेव ने मेले की शुरुआत की, जो अब विशाल रूप ले चुका है। पड़ोसी राज्य ओडिशा, छत्तीसगढ़, बिहार सहित अन्य राज्यों के लाखों श्रद्धालु मेले में पहुँचते हैं। राजा हुकुम सिंहदेव के बाद राजा धर्मजीत सिंहदेव एवं उनके बाद राजा धनुर्जय सिंहदेव की देखरेख में सन् 1955 ई. तक मेले का आयोजन किया गया। राजतंत्र की समाप्ति के बाद रामरेखा धाम विकास समिति का गठन कर मेले का आयोजन किया जा रहा है। सीता चूल्हा, सीता चौक, बाण गंगा, गुप्त गंगा, चरण चिह्न अग्नि कुंड, पंचमुखी हनुमान, प्राचीन शंख, शिवलिंग, जगन्नाथ स्वामी की प्रतिमा, मुनि गुफा, धनुषाकार कुंड नागफणों वाले प्राकृतिक पत्थर हैं। कार्तिक पूर्णिमा के अवसर पर लगने वाले मेले में मांदर का सबसे बड़ा बाजार लगता है। मेले में शामिल लोग मांदर की जमकर खरीदारी करते हैं। दो दिनों के उक्त मेले में हजारों की संख्या में मांदर की बिक्री होती है।

सतकोठा में भी हैं राम के नाम : जलडेगा प्रखंड का ऐतिहासिक स्थल सतकोठा भी श्रद्धालुओं के लिए विशेष आकर्षण का केंद्र है। लोगों की ऐसी आस्था है कि रामरेखा आने के क्रम में भगवान् राम ने सीता तथा लक्ष्मण के साथ सतकोठा आकर कुछ दिनों तक विश्राम किया था। सतकोठा में प्राकृतिक रूप से बना सीता चूल्हा भक्तों को रामयुग की याद ताजा कराता है।

कैरो का खरता मेला

लोहरदगा जिले के प्रखंड के खरता गाँव में मकर संक्रांति के मौके पर मेला-सह सांस्कृतिक कार्यक्रम का आयोजन किया जाता है। वहीं नंदनी जलाशय के समीप लगने वाले मेले में भी लोगों की भीड़ उमड़ती है। मनोकामना सिद्ध भोले बाबा मंदिर में लोग पूजा-अर्चना भी करते हैं।

कपिलनाथ महादेव बाबाधाम में भव्य मेला

गुमला जिले के सिसई में प्राचीन कपिलनाथ महादेव बाबाधाम में भव्य मेले का आयोजन किया जाता है। गुमला, सिसई, भरनो, घाघरा आदि जगहों से 10 हजार से अधिक श्रद्धालु यहाँ भोले बाबा पर जलाभिषेक करते हैं। पूजा-अर्चना के बाद जमकर खरीदारी करते हैं। शिवरात्रि पर भी यहाँ मेला लगता है। सावन में भी यहाँ शिव भक्तों की भरमार रहती है।

गुमला का रथयात्रा मेला

गुमला जिले के सभी 12 प्रखंडों में रथयात्रा के मौके पर भव्य मेले का आयोजन किया जाता है। श्रद्धालु पूरे भक्तिभाव के साथ मेले में भाग लेकर भगवान् जगन्नाथ का रथ खींचते हैं। पूरा वातावरण महाप्रभु जगन्नाथ के जयकारे से गूँज उठता है। करौंदी, सिसई के नागफेनी मेला, रायडीह हीरादह, बसिया, भरनो, चैनपुर, डुमरी, घाघरा व आदर, पालकोट, कामडारा, बिशुनपुर में हजारों की संख्या में श्रद्धालु जुटते हैं, मेले का आनंद लेते हैं और भगवान् जगन्नाथ का रथ खींचते हैं। जगन्नाथ अपने भाई बलभद्र व बहन सुभद्रा के साथ रथ पर बैठकर मौसीबाड़ी पहुँचते हैं। मौसीबाड़ी में आठ दिनों तक रहने के बाद नौवें दिन में महाप्रभु अपने भाई व बहन के साथ लौटते हैं।

कामडारा के रायकेरा में रथयात्रा का इतिहास 201 वर्ष से भी पुराना है। मेले में कई संगठन भी शामिल होते हैं। शुद्ध पीने के पानी की व्यवस्था करते हैं, मेले में दुकानें तो लगती ही हैं। बड़े-बड़े झूले भी लगते हैं।

ऐतिहासिक फाल्गुन मेला

गुमला जिले के सिसई में फाल्गुन माह में ऐतिहासिक मेला लगता है। सिसई बाजार टाँड़ में दुकानें सजती हैं। इस मेले की अपनी अलग

ही पहचान है। मेले की शुरुआत सभी समुदाय के लोगों ने मिलकर सन् 1906 में की थी। इस मेले को लगाने का मुख्य उद्देश्य था कि लोग मेला देखने के बहाने सिसई पहुँचें, साथ ही सभी समुदाय में आपसी भाईचारा बना रहे। मेला लगना शुरू हुआ तो सिसई के लोग गाँव-गाँव जाकर मेले देखने का निमंत्रण अपने रिश्तेदारों को देते थे। मेले में घरेलू आवश्यकता एवं अपने पुत्र-पुत्रियों के दहेज के सामान खरीदा जाता था। इसलिए मेले का नाम बरतन का मेला था, लेकिन अब यह मेला तमाशाकारों का मेला

बन गया है। सन् 1974 तक मेले लगाने का टैक्स नहीं लगता था। वहीं दुकानदारों द्वारा जो भी पैसा सिसई के जमींदारों को दिया जाता था, उसे स्वीकार कर लिया जाता था, लेकिन सन् 1975 में पंचायती राज होने के बाद सिसई पंचायत के मुखिया लकेया गाँव निवासी जगन्नाथ सारंगी ने पहली बार मेले का डाक कराया था। उस समय सिसई बस्ती निवासी रहमान अंसारी ने 75 रुपए में मेले का डाक लिया था। सन् 1979 से अंचल कार्यालय सिसई से डाक होना प्रारंभ हो गया। उस समय मेले में तमाशे के रूप में लकड़ी का झूला, पुतरी नाच, सर्कस आया करता था। आज फाल्गुन मेले को देखने झारखंड राज्य के ही नहीं; पड़ोसी राज्य ओडिशा, पश्चिम बंगाल, छत्तीसगढ़, बिहार आदि जगहों से लोग पहुँचते हैं। अब मेले का मुख्य आकर्षण मौत का कुआँ, सर्कस, बिजली झूला, ड्रैगन झूला, थियेटर, ब्रेक डांस आदि होता है। मेले की तैयारी में इस क्षेत्र के लोग एक माह पहले से जुट जाते हैं और मेले के नाम पर अपने सगे संबंधियों को मेहमान के रूप में बुलाते हैं। आज भी यह मेला आपसी समुदाय की एकता का परिचय देता है।

शहादत दिवस पर लगता है मेला

शहीद शेख भिखारी स्मारक समिति व झारखंड अंसारी महापंचायत द्वारा उनकी शहादत पर मेले का आयोजन किया जाता है। हर साल 18 जनवरी को राँची के मन्हो में शहीद शेख भिखारी शहादत दिवस सह मेला लगता है। मेले को लेकर आयोजन समिति का गठन किया जाता है और इसके साथ ही झारखंड अंसारी महापंचायत के लोग भी मेले के आयोजन में सहयोग करते हैं। मेले में गरीबों को कंबल भी वितरित किए जाते हैं। मन्हो, हिरही व आसपास के इलाकों के कई अखाड़ों के लोग बाजे-गाजे के साथ मेले में शामिल होते हैं। अखाड़ों के बीच पारंपरिक हथियारों का इनामी मुकाबला भी होता है। शेख भिखारी सन् 1857 की क्रांति के

नायक रहे हैं। उनका जन्म राँची के ओरमांझी थाना क्षेत्र के सिकिदरी मार्ग पर स्थित गाँव लोटवा में सन् 1819 को हुआ था। सन् 1857 की क्रांति में उन्होंने बढ़-चढ़कर भाग लिया था। चुटूपाली घाटी में उन्हें फाँसी दे दी गई थी। इसलिए चुटूपाली घाटी में भी मेले का आयोजन किया जाता है। यहाँ शहीद स्थल भी बनाया गया है। चुटूपालू में शहीद शेख भिखारी के साथ टिकैत उमराव सिंह शहीद स्थल भी है। शहीद स्थल पर स्थित वट वृक्ष पर माल्यार्पण कर शहीदों को श्रद्धांजलि दी जाती है। टिकैत उमरांव भी ओरमांझी प्रखंड के खटंगा गाँव में जनमे थे। शेख भिखारी इनके दीवान थे। दोनों को चुटूपाली घाटी में 8 जनवरी, 1858 को फाँसी दे दी गई। खटंगा में भी मेले का आयोजन किया जाता है।

बुधू भगत के गाँव का मेला

सन् 1831-32 में हुए कोल विद्रोह के महानायक शहीद वीर बुधू भगत ने अंग्रेजी सेना के विरुद्ध युद्ध में वीरगति पाई थी। बुधू भगत का जन्म राँची जिले के सिलागाई ग्राम में 17 फरवरी, 1792 को हुआ था। उराँव परिवार में जनमे बुधू भगत का बाल्यकाल बकरियाँ चराने में बीता था। वे स्वभाव के सुस्त थे, लेकिन एक कुशल तीरंदाज थे। कहा जाता है कि उन्हें दैवीय शक्तियाँ प्राप्त थीं, जिसके प्रतीकस्वरूप एक कुल्हाड़ी सदा वह अपने साथ रखते थे। कोल आंदोलन के जननेता शहीद बुधू भगत ने अंग्रेजों के चाटुकार जमींदारों, दलालों के विरुद्ध भूमि, वन की सुरक्षा के लिए जंग छेड़ी थी। आंदोलन में भारी संख्या में अंग्रेज सेना तथा आंदोलनकारी मारे गए थे। बुधू भगत सन् 1832 में शहीद हो गए। उनकी याद में उनके गाँव में मेले का आयोजन होता है। इसमें प्रशासन भी अपनी भूमिका निभाता है। बुधू कुल 40 साल ही जिए, लेकिन इतिहास में अपना नाम अमिट कर गए। □

उत्तरी छोटानागपुर के मेले

(उत्तरी छोटा नागपुर के मेले चतरा, हजारीबाग, रामगढ़, कोडरमा, गिरिडीह, धनबाद, बोकारो में लगते हैं।)

हजारी बाग की कहानी

हजारीबाग झारखंड का एक जिला है और उत्तरी छोटानागपुर प्रमंडल का मुख्यालय भी। हजारीबाग का अर्थ होता है हजार बागों वाला शहर। हालाँकि शुरू में यहाँ हजारी नामक गाँव था और इस गाँव में आम के बाग थे। आम के पेड़ों की संख्या एक हजार थी। इसलिए लोगों ने इसे हजारीबाग कहना शुरू किया।

इस स्थान का विकास अंग्रेजों के आगमन के साथ होता है। सन् 1780 के आसपास एक यूरोपीय कमांडर के अधीन रामगढ़ बटालियन की यहीं पर स्थापना हुई थी। पहले सर्वेयर जनरल जेम्स रेनेल द्वारा सन् 1779 में प्रकाशित इस जिले के सर्वाधिक मानचित्रों में इसका नाम ओकन हजारी लिखा गया है। पटना के गुलजार बाग सर्वे ऑफिस में यह मानचित्र है। उस समय चतरा रामगढ़ का मुख्यालय था। यानी उस समय रामगढ़ जिला था एवं ईचाक सन् 1772 से ही राजा रामगढ़ के निवास के कारण प्रसिद्ध था। अंग्रेजों ने चतरा से ईचाक जाने वाली सड़क के किनारे स्थित इसी ओकनहजारी क्षेत्र को रामगढ़ बटालियन के मुख्यालय के रूप में चुना। इसके बाद इसका नाम हजारीबाग मशहूर हो गया। कथा चाहे जो हो,

आज यही नाम प्रचलित है। हजारीबाग में सन् 1772 में रामगढ़ के राजा ने अपना एक महल बनवाया। सन् 1834 में इसे जिला मुख्यालय बना दिया गया।

हजारीबाग भी बहुत बड़ा जिला था। चतरा, कोडरमा, गिरिडीह, बोकारो आदि जिले इसी के गर्भ से निकले हैं। गिरिडीह 4 दिसंबर, 1972 को हजारीबाग से अलग होकर जिला बना। चतरा-चतरा 1914 में हजारीबाग जिले का अनुमंडल बना और बाद में जिला बना दिया गया। धनबाद का गठन सन् 1956 में किया गया। बोकारो सन् 1991 में गिरिडीह से काटकर अलग जिला बना। गिरिडीह भी सन् 1870 में हजारीबाग का अनुमंडल बना था। सबसे नया जिला रामगढ़ 12 सितंबर, 2007 को हजारीबाग को विभाजित कर बनाया गया। गिरिडीह उत्तरी छोटानागपुर प्रमंडल के मध्य में स्थित है। इसके उत्तर में बिहार राज्य के जमुई और नवादा जिले हैं, पूर्व में देवघर और जामताड़ा, दक्षिण में धनबाद और बोकारो तथा पश्चिम में हजारीबाग एवं कोडरमा जिले हैं। गिरिडीह जिले में ही जैन धर्म का

सबसे प्रसिद्ध तीर्थ स्थल पारसनाथ स्थित है। यह झारखंड की सबसे ऊँची चोटी है। हजारीबाग में सेंट्रल जेल भी है, जहाँ सन् 1942 की अजादी के आंदोलन में कई स्वतंत्रता सेनानियों को रखा गया था। यहीं पर जयप्रकाश नारायण भी बंद रहे और स्वामी सहजानंद सरस्वती भी।

हजारीबाग से 13 कि.मी. उत्तर पूर्व में ईचाक है। ईचाक एक समय सिंह राजाओं की राजधानी हुआ करती थी, जो रामगढ़ राजघराने से ताल्लुक रखते थे। रामगढ़ के राजा तेज सिंह के उत्तराधिकारियों ने यहाँ एक किला बनवाया था, जिसके अवशेष आज भी देखे जा सकते हैं। रामगढ़ का इलाका भी छोटानागपुर राजा के अधीन था। सन् 1368 में अज्ञात कारणों से क्षेत्र में अशांति फैल गई। राजा ने अपने दो भाइयों बाघ देव और सिंह देव को शांति बहाल करने के लिए प्रतिनियुक्त किया। काम हो जाने के बाद, राजा ने उन्हें पूर्ण वादा राशि का भुगतान नहीं किया। बाघ देव ने, जिसके पास दमन विद्रोह के बाद क्षेत्र का नियंत्रण था, खुद को उस क्षेत्र का राजा घोषित कर दिया और उसकी सीमा में 24 परगना आ गए। ब्रिटिश राज के दौर में रामगढ़ एक प्रमुख जमींदारी थी। राजा बहादुर कामाख्या नारायण सिंह रामगढ़ राज के अंतिम शासक थे। सन् 1945 में भारत सरकार को नियंत्रण सौंप दिया। सन् 1947 में आजादी के बाद वर्तमान रामगढ़ जिला तत्कालीन क्षेत्र हजारीबाग जिले का एक भाग बन गया। सिसुआ और बादम के बाद सन् 1670 में रामगढ़ राजधानी बनाई गई। बादम सन् 1642 में रामगढ़ की राजधानी थी। कहा जाता है कि इन्हीं राजाओं के शासनकाल (18वीं सदी) में यहाँ लगभग 170 मंदिरों का निर्माण करवाया गया था। इन मंदिरों की खासियत है कि लगभग सभी मंदिरों के समीप तालाब का निर्माण करवाया था। यहाँ के प्रसिद्ध मंदिरों में से एक बुढ़िया माता का मंदिर है। यहाँ बिहार, बंगाल, ओडिशा आदि प्रदेशों से श्रद्धालु आते हैं। माना जाता है कि यहाँ पर माँगी गई हर मन्नत पूरी होती है।

ईचाक प्रखंड हजारीबाग का सबसे बड़ा प्रखंड है, जिसके अंतर्गत लगभग 84 गाँव आते हैं। यहाँ की मिठाई बालूशाही पूरे झारखंड में प्रसिद्ध है। आजादी के आंदोलन में हजारीबाग-चतरा-रामगढ़ की अहम भूमिका रही है। प्रमंडल का प्रमुख जिला धनबाद है, जो काले हीरे के लिए जाना जाता है। पूर्व में धनबाद मानभूम जिले का एक सबडिवीजन था। सन् 1928 में पुराने धनबाद और चंदनकियारी डिवीजन को मिलाकर धनबाद बनाने की बात रखी गई थी। 24 अक्तूबर, 1956 को राज्य पुनर्निर्माण आयोग के नोटिफिकेशन से धनबाद जिला 1 नवंबर, 1956 को अस्तित्व में आया। इस नोटिफिकेशन के तहत बिहार के पूर्व जिला मधुबन के पुरुलिया सबडिवीजन के चास और चंदनकियारी थाना क्षेत्र को प. बंगाल को स्थानांतरित कर दिया गया। पहले धनबाद का नाम धनबाइद (Dhanbaid) था। आई.सी.एस. अफसर मिस्टर लुबी की पहल पर आधिकारिक रूप से इसका नाम धनबाद (Dhanbad) कर दिया गया। हालाँकि धनबाद का नाम धनबाद क्यों पड़ा, लोग अलग-अलग तर्क देते हैं। कुछ लोगों के अनुसार, यह क्षेत्र कभी बैद धान के लिए जाना जाता था। दो प्रकार के धान की खेती होती थी। एक बैद जो कार्तिक में तैयार होता था। अन्य मतांतर के अनुसार धनबाद नाम धन शब्द से आया है, जो कोलारियन आदिवासी होते थे। इस क्षेत्र में निवास करते थे। धनबाद के पीछे चाहे जो तर्क हो, आज यह एक प्रमुख शहर है। चतरा बहुत पुराना जिला है, लेकिन यह सीधे रेल मार्ग से आज तक नहीं जुड़ सका। आजादी के आंदोलन में इसकी बड़ी भूमिका रही। चतरा हिंदू, बौद्ध और जैन धर्म के लिए महत्त्व का है। बुद्ध ने कई रातें चतरा में बिताईं। जैन धर्म के दसवें तीर्थंकर शीतल स्वामी का जन्म यहीं हुआ था।

ईटखोरी महोत्सव

चतरा जिले के ईटखोरी में लंबे समय के बाद अब सन् 2015 से

ईटखोरी महोत्सव की शुरुआत हो गई है। माँ भद्रकाली मंदिर समिति की ओर से इसका आयोजन हो रहा है। स्थानीय सांसद सुनील सिंह के प्रयास से मुख्यमंत्री रघुवर दास ने दिलचस्पी दिखाई और यह जल्द ही गया की तर्ज पर एक विशाल बौद्ध केंद्र के रूप में विकसित होगा, क्योंकि यहाँ भी बुद्ध से जुड़ी स्मृतियाँ चप्पे-चप्पे पर हैं।

यहाँ भदुली गाँव में माँ भद्रकाली का भव्य मंदिर है। कमल के आसन पर खड़ी माता की प्रतिमा वरदायिनी मुद्रा में है। भारतीय पुरातत्त्व सर्वेक्षण विभाग द्वारा माँ भद्रकाली की प्रतिमा का कालखंड नौवीं से दसवीं शताब्दी के बीच का बताया गया है। प्रतिमा के नीचे पाली में लिखा गया है कि बंगाल के शासक राजा महेंद्र पाल द्वितीय द्वारा इस प्रतिमा का निर्माण कराया गया है। तब से लेकर आज तक माता की पूजा होती आ रही है।

प्राचीनकाल में यहाँ माता का भव्य मंदिर हुआ करता था। सैंड स्टोन पत्थर को तराश कर मंदिर बनाया गया था। जिसे लोहे की कील पर जोड़ा गया था, बाद में किसी विध्वंस के कारण मंदिर ध्वस्त हो गया, लेकिन प्रतिमा पूरी तरह से सुरक्षित रही। भद्रकाली मंदिर परिसर में एक अनूठा बौद्ध स्तूप स्थापित है। इसे मनौती स्तूप भी कहा जाता है। नौवीं से दसवीं शताब्दी के बीच इसे मंदिर परिसर में स्थापित किया गया था। इस स्तूप में भगवान् बुद्ध की 1004 प्रतिमाएँ उत्कीर्ण हैं। स्तूप के नीचे भगवान् बुद्ध की परिनिर्वाण मुद्रा में एक प्रतिमा उत्कीर्ण है। साढ़े पाँच फीट ऊँचे इस स्तूप के ऊपरी हिस्से में एक गड्ढा है, जिसमें हर वक्त पानी भरा रहता है। कहते हैं पानी निकाल देने के बाद भी पुनः पानी गड्ढे में भर जाता है।

ईटखोरी नाम को लेकर भी एक जनश्रुति प्रचलित है। ईटखोरी को ईंट की खोरी यानी गली भी कहा जाता है। वहीं, इसका एक अर्थ इतखोई भी लगाया जाता है यानी यहीं खोई। कहा जाता है कि बौद्ध धर्म के प्रवर्तक भगवान् बुद्ध अपनी साधना में इस भयावह अरण्य में लीन थे।

उनकी माता, कोई मौसी गौतमी भी कहता है, उन्हें वापस कपिलवस्तु ले जाने के लिए यहाँ आई थीं; किंतु गौतम बुद्ध अपनी साधना में लीन रहे। उनकी माँ को प्रतीत हुआ कि गौतम यहीं खो गया है। ऐसा कहा जाता है कि तभी से इस स्थान का नाम इतखोई पड़ गया और आगे चलकर ईटखोरी हो गया।

यह स्थल सदियों से बौद्ध श्रद्धा का केंद्र रहा है। नागपुर के भंते तिस्सा वरो का कहना है कि बोध गया में ज्ञान प्राप्त करने से पूर्व गौतम बुद्ध चार बार ईटखोरी पधारे थे। सम्राट् अशोक ने पहला बौद्ध विहार ईटखोरी के भदुली में ही बनवाया था। ईटखोरी मंदिर परिसर में जो विशाल बौद्ध स्तूप है, उस पर भगवान् बुद्ध की 1004 लघु एवं बड़ी प्रतिमाएँ चार मुद्राओं में उत्कीर्ण हैं।

माँ भद्रकाली मंदिर से दो सौ फीट की दूरी पर दुनिया का एक अनूठा सहस्र शिवलिंग भी स्थापित है। पाँच फीट ऊँचे इस सहस्र शिवलिंग में 1007 शिवलिंग उत्कीर्ण हैं। इस सहस्र शिवलिंग के मस्तूल पर जल डालने से सभी 1007 शिवलिंगों का जलाभिषेक स्वत: हो जाता है। सहस्र शिवलिंग के समीप ही नंदी की एक विशालकाय प्रतिमा है, जिसे एक ही पत्थर को तराशकर बनाया गया है। बताया जाता है कि उक्त दोनों प्रतिमाएँ सातवीं से आठवीं शताब्दी काल के बीच बनाई गई हैं।

भद्रकाली मंदिर परिसर में एक अस्थायी म्यूजियम में प्राचीन मंदिर के अवशेष को रखा गया है। इन अवशेषों को देखने भर से यह मालूम पड़ जाता है कि प्राचीन काल में यह स्थल मंदिरों की नगरी रहा होगा। प्राचीन मंदिरों के अवशेष में सैंड स्टोन पर बहुत ही सलीके से नक्काशी की गई है, लेकिन स्थायी म्यूजियम के अभाव में इन प्राचीन धरोहरों को यहाँ आने वाले श्रद्धालु नहीं देख पाते हैं। यहाँ हॉलनुमा घर में प्राप्त पुरातात्त्विक मूर्तियाँ आदि बेहतरीन ढंग से रखी गई हैं। यहाँ एक संग्रहालय बनाने की माँग भी की जा रही है।

माँ भद्रकाली की प्रतिमा पुरातात्त्विक महत्त्व की बताई जाती है। भारतीय पुरातत्व सर्वेक्षण विभाग के अधीक्षण पुरातत्त्वविद् एन.जी. निकोसे का कहना है कि यह प्रतिमा काले ग्रेनाइट को तराश कर बनाई गई है। मंदिर में उमा-महेश्वर, विष्णु, पार्वती, गणेश आदि की भी प्राचीन प्रतिमाएँ हैं, जो काले पत्थर से निर्मित हैं। पुरातत्त्वविदों के अनुसार, सातवीं से दसवीं शताब्दी के बीच निर्मित हुई इन प्रतिमाओं का अपना ही पुरातात्त्विक महत्त्व है। यही नहीं, यहाँ वैष्णव, शैव, बौद्ध और जैन धर्म से संबंधित अवशेष भी मिले हैं। इस ऐतिहासिक स्थल को सर्वाधिक संरक्षण बिहार-बंगाल के पालवंशीय राजाओं द्वारा मिला था। ईटखोरी में पालकालीन मंदिरों एवं मूर्तियों के अवशेष हैं, जो आठवीं से बारहवीं शताब्दी के मध्य के हैं। विशेषज्ञों के अनुसार, मूर्तियों में, जहाँ एक ओर बसाल्ट पत्थर का प्रयोग किया गया है, वही मंदिरों के अवशेषों में बालू पत्थर का। दक्षिणी बिहार तथा झारखंड क्षेत्र के प्राचीन अवशेषों में पालकालीन अवशेष काफी संख्या में यहाँ देखने को मिलते हैं, जो गया, नवादा, हजारीबाग, पलामू, गुमला एवं राँची आदि क्षेत्रों में बिखरे पड़े हैं। पुरातत्त्व विभाग इस दिशा में काफी काम कर रहा है।

भद्रकाली मंदिर के बाहर कोठेश्वरनाथ स्तूप है। कोठेश्वरनाथ स्तूप का संबंध बौद्धों से है। स्तूप के चारों ओर भगवान् बुद्ध की योगमुद्रा में एक हजार आठ आकृतियाँ उत्कीर्ण हैं। स्तूप के शीर्ष को प्रायः 4 इंच लंबे, 4 इंच चौड़े तथा 4 इंच गहरे गड्ढेवाले एक पत्थर से ढक दिया गया है। गड्ढ़े में लगभग 3 इंच पानी हमेशा रहता है। यह कलाकृति तत्कालीन कलाकारों की अभिरुचि तथा उनकी वैज्ञानिकता का सुंदर प्रमाण है। हाल में खुदाई में तीन स्तूप मिले हैं। इसके अलावा बौद्ध धर्म से जुड़े अवशेष भी काफी संख्या में मिले हैं। इससे जाहिर होता है कि यह बौद्ध धर्म का एक बहुत बड़ा केंद्र रहा होगा। खुदाई अभी जारी है। राज्य की सरकार इसे बौद्ध सर्किट के रूप में विकसित करने की योजना

बना रही है। यदि ऐसा हो जाता है तो ईटखोरी गया के बाद दूसरा बड़ा बौद्ध धर्म का केंद्र होगा।

इन सब महत्त्व को देखते हुए ही ईटखोरी महोत्सव का आयोजन शुरू किया गया, जो अब हर साल होगा। इस बार भी 19 से 21 फरवरी, 2015 तक इसका आयोजन किया गया और परिसर में ही तीन दिवसीय मेले का भी आयोजन किया गया। इसके साथ ही सांस्कृतिक कार्यक्रम में देशभर से आए कलाकारों ने भाग लिया। इस तरह एक नवीन और सकारात्मक परंपरा की शुरुआत की गई, जहाँ देश-विदेश के बौद्ध विद्वान् और कलाकार भी आमंत्रित किए जाएँगे।

फाल्गुन में लगता है मेला

चतरा जिले के कुंड गाँव की गुफा के पास फाल्गुन भव्य मेले का आयोजन किया जाता है। इस मेले में पर्यटक और स्थानीय निवासी समान रूप से भाग लेते हैं। इस गुफा के पास कुंड महल भी है, जो जीर्ण-शीर्ण अवस्था में है, लेकिन लोगों को महल की अपेक्षा गुफा ज्यादा आकर्षित करती है। यह गुफा पर्यटकों को बहुत पसंद आती हैं, क्योंकि इसके शांत वातावरण में कुछ क्षण बिताने हैं। मेले में आने वाले गुफा में प्रवेश करते हैं। इसके अंदर एक बड़ा हॉल भी है, जहाँ घुप अँधेरा रहता है। हॉल में एक शिवलिंग भी है। कहा जाता है कि इसकी स्थापना एक संन्यासी ने की थी, जो लगभग पचास वर्ष पहले यहाँ आया था। गुफा की दीवारों पर कुछ लिखा भी गया है, लेकिन इस लिपि को अभी तक पढ़ा नहीं गया है।

मकर संक्रांति का बलबल मेला

चतरा जिले के बलबल दुआरी गाँव में मकर सक्रांति के मौके पर दस दिवसीय बलबल मेला लगता है। दस दिनों तक चलने वाले इस मेले में झारखंड तथा बिहार राज्य के विभिन्न जिलों के लोग यहाँ आते हैं। यह

स्थान गरम कुंड के लिए भी विख्यात है। लीलाजन नदी के किनारे स्थापित गरम कुंड के अलावा माँ बागेश्वरी एवं हनुमान मंदिर भी श्रद्धालुओं को अपनी ओर आकर्षित करता है। जंगलों एवं नदियों के बीच स्थित गरम कुंडों की यहाँ अलग ही छटा है। लोगों का मानना है कि गरम कुंड में स्नान के अलग आनंद के साथ ही उनके चर्म रोग भी दूर हो जाते हैं। यहाँ स्थित नदी के किनारे लोग जमकर पिकनिक का भी आनंद उठाते हैं। मेले में लगे विभिन्न प्रकार के झूले तथा दुकानें लोगों के लिए आकर्षण का केंद्र रहती हैं। मेले में झारखंड और बिहार के अलावा उत्तर प्रदेश, पश्चिम बंगाल तथा ओडिशा से भी लोग अपने जानवरों को बेचने और खरीदने के लिए आते हैं।

टाना भगतों का मेला

एक मेला टाना भगतों का लगता है। टाना भगत उराँव आदिवासियों का वह समूह है, जिसने अपना एक अलग धर्म चलाया, जिसे टाना धर्म कहा गया। तब के राँची जिले में ही सन् 1914 में उराँव जनजाति के बीच यह धर्म अस्तित्व में आया। टाना धर्म पूर्णत: अहिंसा पर आधारित है। रामचंद्र चौधरी ने लिखा है, ''बिशुनपुर थाना के पास चिंगरी गाँव में जतरा उराँव नामक 20 साल के एक नवयुवक ने इस पंथ को चलाया। कहते हैं, एक दिन वह पोखर में स्नान करने गया था। वहाँ पानी के भीतर उसे धर्मेश (ईश्वर) का दर्शन हुआ। धर्मेश ने उसे मंत्र दिया। पानी के भीतर से 'टाना बाबा, टाना बाबा' स्वर उच्चरित करते हुए जतरा निकला। उसने धर्मेश के दर्शन की बातें लोगों को बताईं, 'हमें भूत-प्रेत और विविध बोंगाओं की पूजा छोड़ देनी चाहिए। हम सात्विकता से रहें और एक ईश्वर की उपासना करें। बलि की प्रथा बंद करें। हड़िया की तपावन की जगह शुद्ध जल और दूध का तपावन दें। परंपरागत शिकार प्रथा बंद करें। जनेऊ धारण करें। गो सेवा में लगें। जीव हत्या न करें। भगवान् का भजन करें।'

जतरा का जन्म गुमला जिले के चिंगरी नावाटोली गाँव में सन् 1888 को हुआ था। पिता का नाम कोहरा भगत व माता का नाम लिवरी भगत था। बुधनी भगत इनकी पत्नी का नाम था। जतरा के जन्म की तिथि ज्ञात नहीं, पर टाना भगत गांधी जयंती के दिन ही जतरा की जयंती भी मनाते हैं। तुरिया भगत से तंत्र-मंत्र की विद्या सीखने के क्रम में इन्हें सन् 1914 में अचानक आत्मबोध हुआ। अंग्रेजी राज के अत्याचार, जमींदारों की बेगारी, समाज में फैले अंधविश्वास एवं नाना प्रकार की कुरीतियों से पीड़ित आदिवासी समुदाय को सन्मार्ग दिखाने का संकल्प लेकर युवा जतरा उराँव जतरा भगत बन गया।

जतरा ने अपना मंत्र लोगों को दिया। वह रोग निदान भी करने लगा। बहुत से लोग उसके पंथ में चले आए और अनुयायी बन गए। जतरा टाना बाबा बन गए। हालाँकि विरोध भी हुआ, लेकिन टाना पंथ आगे बढ़ता चला गया। जतरा के प्रचार से जमींदार, महाजन और अंग्रेजी सरकार चौकन्ना हो गई। जतरा को उसके सात साथियों के साथ गिरफ्तार कर लिया गया और डेढ़ साल की सजा हो गई। तब बटकुरी गाँव की देवमनिया ने टाना नेतृत्व सँभाला और प्रचार करने लगी। राँची, पलामू, हजारीबाग तथा अन्य क्षेत्रों में कोई ढाई लाख लोग टानापंथी बन गए। प्रारंभ में उराँव वर्ग में सादगी, स्वच्छता जैसी सुधारवादी नीयत से काम होने लगा। बाद में महाजन, कुछेक जमींदार और सरकार के विरुद्ध आंदोलन शुरू हो गया। अपने अनुयायियों को मजदूरी करने से रोकने के अपराध में सन् 1916 में जतरा भगत को एक साल की सजा हुई और बाद में उस इसे शर्त पर छोड़ा गया कि वह अपने नए सिद्धांत का प्रचार नहीं करेगा और शांति बनाए रखेगा, पर जेल में मिली घोर प्रताड़ना के कारण जेल से बाहर आने के दो महीने के भीतर ही जतरा की मृत्यु हो गई। इस तरह जतरा भगत नेपथ्य में चला गया, पर आंदोलन की धार तेज होने लगी। पलामू से लेकर सरगुजा तक यह फैल गया।

टाना भगतों ने खुद के लिए नियम बनाए। बृहस्पतिवार को हल नहीं जोतने का निश्चय हुआ और इस दिन विश्राम और आपसी मंत्रणा का दिन रखा गया। इसके बाद टाना आंदोलन ने दूसरा ही रूप ले लिया। उन्होंने खेती करना छोड़ दिया। बारदोली आंदोलन से प्रभावित टाना भगतों ने जमीन टैक्स, चौकीदारी टैक्स आदि देना बंद कर दिया। इसके बाद जमींदारों ने इनकी जमीन नीलाम करवाई।

हरबंस भगत ने 'टाना-आंदोलन' नामक अपने एक लेख में इसके जन्म के कारणों और आंदोलन की कहानी लिखी है। वे लिखते हैं कि टाना विविध देवताओं की पूजा नहीं करते। टाना अपने व्यक्तित्व तथा समाज में अहिंसक परिवर्तन पर विश्वास करते हैं। वे मानते हैं कि अहिंसक संघर्ष से बाधाएँ दूर होती हैं।

'टाना भगतर सोना भगतर नीसा ओनन मना ननर।
टाना भगतर सोना भगतर अहड़ा मोखनन मना ननर।
टाना भगतर सोना भगतर अखड़ा बेचनन ननर।'

यानी, टाना भगत सोने के समान उत्तम भगत है। वे मदिरा नहीं पीते। मांस नहीं खाते। वे नृत्य आदि का त्याग करते हैं। धुमकुरिया और शिकार से खुद को मुक्त किया। रंगीन कपड़ों से परहेज किया। किसी प्रकार के आभूषण भी नहीं पहनते। टाना ईमानदारी के साथ अपना जीवन बिताते हैं। वह पवित्र जीवन व्यतीत करतें हैं। गांधी टोपी व सफेद वस्त्र ही पहनावा है। शंख, घंट, तिरंगा इनकी पहचान है। खाने को लेकर भी ये शुद्धता के आग्रही हैं। ये जहाँ जाते हैं, खुद बनाते हैं और खाते हैं। पानी तक दूसरों का नहीं पीते। इस परंपरा का पालन ये आज भी कड़ाई से करते हैं।

मेला चतरा के टंडवा प्रखंड में चंदन गुफा में माघ पूर्णिमा पर लगता है, जहाँ पूरे राज्य के टाना भगत एकत्रित होते हैं। इसके बाद होली के समय अगजा के दिन से लेकर उसके अगले दिन तक भी मेला लगता है,

जहाँ होली के समय ये अबीर-गुलाल नहीं लगाते। चंदन गुफा सतपहाड़ी में है। सात पहाड़ियों को पार करने के बाद यह गुफा है, जहाँ गरम पानी का सोता भी है। सन् 1922 से इसका आयोजन हो रहा है। शिबू माया की कहानी है। कई तरह की किंवदंतियाँ भी हैं। यहाँ सत्य और असत्य की परीक्षा भी होती है। इसी तरह जतरा टाना भगत के जन्म स्थल नया टोला चिंगरी, गुमला जिले में भी 2 अक्तूबर को मेला लगता है। जतरा की जयंती 1 अक्तूबर और गांधी की जयंती 2 अक्तूबर को मनाई जाती है। इस दो दिवसीय मेले में भी टाना भगतों का जुटान होता है।

चतरा का पशु मेला

मकर संक्रांति के मौके पर चतरा के गिद्धौर में मेला लगता है। श्रद्धालु बलबल गरम जलकुंड में स्नान करते हैं। विधि-विधानपूर्वक पूजा-अर्चना करने के बाद गुड़, दही व तिलकुट का सेवन करते हैं। यथाशक्ति ब्राह्मणों को दान भी करते हैं। माता बागेश्वरी के मंदिर में मत्था टेकते हैं। श्रद्धालुओं की भीड़ सुबह पाँच बजे से ही यहाँ पहुँचने लगती है। कुंड के पास जमे गरीबों के बीच श्रद्धालु चूड़ा आदि का दान करते हैं। पास की लीलाजन नदी में भी लोग स्नान करते हैं। दोपहर तक संपूर्ण मंदिर परिसर श्रद्धालुओं की भीड़ से पट जाता है। मेले में झारखंड, बिहार, बंगाल सहित अन्य प्रदेशों से भी श्रद्धालु पहुँचते हैं।

मकर संक्रांति के अवसर पर गरम जलकुंड बलबल में दस दिवसीय पशु मेला भी लगता है। मेले में पशु व्यापारी खरीद-फरोख्त करते हैं। मेले में बच्चों के लिए हिंडोला, ब्रेक डांस सहित अन्य मनोरंजन के साधन होते हैं। प्रखंड के बलबल में मकर संक्रांति के मौके पर पिछले पाँच दशक से पशु मेले का आयोजन किया जा रहा है। प्रारंभ में मेले में काफी कम भीड़ लगती थी, परंतु दस से बारह वर्षों के बाद इसका विस्तार हो गया और अब यहाँ बृहद् पैमाने पर खरीद-बिक्री होती है। यहाँ पर झारखंड-बिहार

के अलावा बंगाल, उत्तर-प्रदेश, ओडिशा, मध्य प्रदेश सहित अन्य प्रदेशों से व्यापारी खरीद-फरोख्त के लिए पहुँचते हैं।

घोड़ासीमर का मेला

कोडरमा अभ्रक के लिए मशहूर रहा है। जिला मुख्यालय से लगभग 115 कि.मी. दूर सतगावाँ प्रखंड अंतर्गत घोड़ासीमर का देवघर धाम में भी शिवरात्रि के अवसर पर एक भव्य मेला लगता है, जहाँ दूर-दूर से लोग आते हैं। मेले की जैसी प्रकृति होती है, वैसा ही यहाँ भी लगता है। शिव का यह धाम श्रद्धालुओं के लिए काफी महत्त्व रखता है। अनगिनत प्राकृतिक नजारों से सराबोर यह स्थान भी शिव भक्तों के साथ पर्यटन में रुचि रखनेवाले लोगों को भी काफी आकर्षित करता है। देवघर धाम पहुँचने के लिए सतगावाँ प्रखंड मुख्यालय व गोविंदपुर सड़क से जाना पड़ता है और यहाँ वाहन भी उपलब्ध हो जाते हैं।

प्राकृतिक नजारों से सराबोर देवघर धाम पहाड़ी, नदी एवं यत्र-तत्र बिखरे पुरातात्त्विक अवशेषों का चश्मदीद गवाह है। बलखाती संकरी नदी एवं सुषुप्त चट्टानों की जद में अवस्थित पहाड़ी धार्मिक स्थली देवघर धाम के रूप में प्रसिद्धि पा रही है। पहाड़ पर शिव-पार्वती की प्रस्तर की मूर्तियाँ मंदिर में विराजमान हैं। यहाँ पर लगभग एक मीटर की गोलाईवाला चार फीट लंबा शिवलिंग है और समीप के बटेश्वर नामक स्थान पर लगभग इसी आकार का एक अन्य शिवलिंग है। भव्य शिवलिंग श्रद्धालुओं को आकर्षित करते हैं। पहाड़ के आसपास तलहटी में सैकड़ों की संख्या में प्रस्तर पर उत्कीर्ण या प्रस्तर की मूर्तियाँ जीर्ण-शीर्ण अवस्था में इधर-उधर बिखरी पड़ी हैं। बड़ी-बड़ी शिलाओं पर बेहतरीन ढंग से नक्काशी कर बनाए गए विभिन्न देवी-देवताओं की मूर्तियाँ प्राचीन शिल्प कला के उत्कृष्ट नमूने की याद दिलाती हैं। यहाँ पर बिखरे पड़े अवशेषों में शिव के विभिन्न रूपों के अलावा पार्वती, विष्णु, यक्ष-यक्षिणी आदि हैं। अधिकांश

मूर्तियों की पहचान अब तक नहीं की जा सकी है। एक किले का अवशेष भी यहाँ मिला है। संभवत: यह किसी शासक का रहा होगा। भूमि के अंदर भी सैकड़ों मूर्तियाँ दबी पड़ी हैं। यदा-कदा खेतों में काम करते वक्त किसानों को प्रस्तर की टूटी-फूटी मूर्तियाँ प्राप्त होती हैं। इनमें पाँच-पाँच फीट की शिलाओं पर नक्काशी की गई है।

इस स्थल से किंवदंतियाँ जुड़ी हैं। किंवदंतियों के अनुसार, रावण घोड़ासीमर नामक स्थान में विश्राम के पश्चात भगवान् शंकर को जब यहाँ से बलपूर्वक ले जाने लगा तो शंकर ने अपना एक रूप यहाँ छोड़ दिया और कालांतर में इसका नाम देवघर धाम पड़ गया। यहाँ सैकड़ों वर्ष से पूजा-अर्चना की परंपरा चली आ रही है। पूजा-अर्चना करने से मनोवांछित फल की प्राप्ति होती है, ऐसा ग्रामीणों का विश्वास है। यही कारण है कि पूजा-अर्चना, विवाह, मुंडन आदि कार्यों के लिए काफी संख्या में श्रद्धालु यहाँ आते हैं। शिवरात्रि के दिन यहाँ मेले का आयोजन होता है, जिसमें दूर-दूर से लोग आते हैं। भक्ति की अविरल धारा यहाँ दिखाई देती है। हर समुदाय के लोग मेले में शिरकत करते हैं। भक्ति के साथ मनोरंजन का भी आनंद उठाते हैं।

देवघर धाम पहुँचने के लिए प्रखंड मुख्यालय एवं गोविंदपुर सड़क के मध्य से एक अन्य रास्ता तय करना पड़ता है। हाल ही में पुरातत्त्व विभाग द्वारा मंदिर के निकट खुदाई भी करवाई गई, जिसमें छठी सदी के कई अवशेष मिले हैं। इस तरह यह स्थान काफी महत्त्वपूर्ण है। यहाँ लगने वाला मेला भी काफी प्रसिद्ध है, जिसका लोग इंतजार करते हैं।

ध्वजाधारी धाम मेला

कोडरमा जिले में ध्वजाधारी धाम में महाशिवरात्रि के मौके पर दो दिवसीय मेले का आयोजन होता है। यहाँ आने वाले श्रद्धालु भक्त ध्वजाधारी धाम, पहाड़ पर चढ़कर भगवान् भोले का जलाभिषेक पूजा-अर्चना कर

सुखमय जीवन का वरदान माँगते हैं। मेले में आने वाले लोग जमकर खरीदारी करते हैं। लजीज व्यंजनों का आनंद उठाते हैं। मेले में बच्चों की पसंद—आकर्षक झूले-खिलौने आदि मिलते हैं। महिलाओं के लिए श्रृंगार व अन्य सामान भी मिलता है।

तिलैया से लेकर कोडरमा बाजार तक मेला घूमने वालों की भीड़ दिखाई पड़ती है। कोडरमा बाजार ध्वजाधारी धाम के आसपास वाहनों की लंबी कतारें लग जाती हैं। मेले के सफल आयोजन को लेकर जिला प्रशासन ध्वजाधारी धाम पूजा समिति की ओर से व्यापक इंतजाम किया जाता है। मेले में भीड़ को नियंत्रित करने एवं गुमशुदा लोगों के लिए सहायता केंद्र भी बनाए जाते हैं। मेले के अंतिम दिन अखंड हरिकीर्तन की पूर्णाहुति के साथ प्रसाद वितरण किया जाता है।

शक्तिपीठ रजरप्पा का मेला

जंगलों व पहाड़ों के बीच दामोदर व भैरवी के संगम स्थल पर स्थित नवनिर्मित जिले रामगढ़ में माँ छिन्नमस्ता का प्रसिद्ध शक्तिपीठ है। राजधानी राँची से इसकी दूरी 80 कि.मी. है। जहाँ माँ की शक्तिपीठ है, उसे रजरप्पा कहते हैं। इस कारण इसे रजरप्पा शक्तिपीठ भी कहते हैं। यहाँ मकर संक्रांति के अवसर पर विशाल मेले का आयोजन होता है। वैसे दीपावली के समय काली पूजा भी भव्य तरीके से मनाई जाती है। यहाँ हमेशा ही मेले जैसा दृश्य बना रहता है। झारखंड के अलावा प. बंगाल से भी काफी संख्या में माँ के भक्त आते हैं।

माँ छिन्नमस्ता का मंदिर धार्मिक महत्त्व के साथ-साथ पर्यटन की दृष्टि से भी एक अनुपम स्थान है। रामगढ़ को बोकारो व धनबाद से जोड़नेवाले एनएच-23 पर रामगढ़ से करीब 25 किलोमीटर की दूरी पर रजरप्पा मोड़ है। इस मोड़ से बोकारो शहर की दूरी 58 किलोमीटर है, जबकि मोड़ से रजरप्पा मंदिर की दूरी 10 किलोमीटर है। मोड़ पर बना बड़ा-सा प्रवेश द्वार

यहाँ पहुँचते ही श्रद्धालुओं का स्वागत करता है। मंदिर की ओर बढ़ते ही सड़क के दोनों ओर जंगल और छोटी-छोटी पहाड़ियों की शृंखला प्रकृति के अनुपम नजारों के साथ अपनी विशिष्टता का बोध कराती है। माँ छिन्नमस्ता 10 महाविद्याओं में छठा रूप मानी जाती हैं। यह मंदिर दामोदर-भैरवी संगम के किनारे त्रिकोण मंडल के योनि यंत्र पर स्थापित है, जबकि पूरा मंदिर श्री यंत्र का आकार लिए हुए है। लाल, नीले और सफेद रंगों के बेहतर समन्वय से मंदिर बाहर से काफी खूबसूरत लगता है। इसी परिसर में अन्य नौ महाविद्याओं का भी मंदिर बनाया गया है। मुख्य मंदिर में देवी छिन्नमस्तिका की काले पत्थर में उकेरी गई प्रतिमा विराजमान है। दो साल पहले मूर्ति चोरों ने यहाँ माँ की असली प्रतिमा को खंडित कर आभूषण चुरा लिए थे। इसके बाद यह प्रतिमा स्थापित की गई। पुरातत्त्व वेत्ताओं की मानें तो पुरानी अष्टधातु की प्रतिमा 16वीं-17वीं सदी की थी, उस लिहाज से मंदिर उसके काफी बाद का बनाया हुआ प्रतीत होता है।

मुख्य मंदिर में चार दरवाजे हैं और मुख्य दरवाजा पूरब की ओर है।

इस द्वार से निकलकर मंदिर से नीचे उतरते ही दाहिनी ओर बलि स्थान है, जबकि बाईं ओर नारियल बलि का स्थान है। इन दोनों बलि स्थानों के बीच में मनौतियाँ माँगने के लिए लोग रक्षासूत्र में पत्थर बाँधकर पेड़ व त्रिशूल में लटकाते हैं। मनौतियाँ पूरी हो जाने पर उन पत्थरों को दामोदर नदी में प्रवाहित करने की परंपरा है। मंदिर में उत्तरी दीवार के साथ रखे शिलाखंड पर दक्षिण की ओर मुख किए माता छिन्नमस्ता के दिव्य स्वरूप का दर्शन होता है। शिलाखंड में माँ की तीन आँखें हैं। इनका गला सर्पमाल और मुंडमाल से शोभित है। बाल खुले हैं और जिह्वा बाहर निकली हुई है। आभूषणों से सजी माँ नग्नावस्था में कामदेव और रति के ऊपर खड़ी हैं। दाएँ हाथ में तलवार और बाएँ हाथ में अपना कटा मस्तक लिये हैं।

इनके दोनों ओर माँ की दो सखियाँ डाकिनी और वर्णिनी खड़ी हैं तथा देवी के कटे गले से निकल रही रक्त की तीन धाराओं में से एक-एक तीनों के मुख में जा रही है।

रजरप्पा का छिन्नमस्ता मंदिर तांत्रिक शक्तिपीठ के रूप में भी विख्यात है। मंदिर से उत्तर की ओर थोड़ी दूरी पर दामोदर नद के ऊपर तांत्रिक घाट है, जहाँ दूर-दूर से तांत्रिक अकसर तंत्र साधना करने आते हैं। माँ की इस प्रसिद्धि से पहले माँ के बारे में भी जान लेना जरूरी है कि छिन्नमस्ता देवी कौन हैं और इसका अर्थ क्या है? नाम से जाहिर है, जिसका मस्तक छिन्न हो यानी शरीर से अलग। छिन्नमस्ता को एक महाविद्या भी माना गया है।

मंदिर में दीपावली के समय कालीपूजा बड़े धूमधाम से की जाती है। इसके अलावा बैशाख चतुर्दशी को माँ छिन्नमस्ता जयंती पर भी खास आयोजन होते हैं। इन मौकों पर सभी मंदिरों को सजाकर विशेष पूजा-अनुष्ठान व रात्रि जागरण के आयोजन कराए जाते हैं। नवरात्र के समय भी यहाँ खास अनुष्ठान और उत्सव होते हैं। पिछले कुछ वर्षों से 16 जुलाई को यहाँ पुनर्प्राणप्रतिष्ठा समारोह भी यज्ञ-अनुष्ठान के साथ धूमधाम से मनाया जाता है। सन् 2010 में मूर्ति चोरी की घटना की बाद इसी दिन दूसरी मूर्ति की मंदिर में प्राण प्रतिष्ठा हुई थी। अमावस्या, पूर्णिमा व अन्य त्योहारों के मौके पर भी विशेष पूजा होती रहती है। मकर संक्रांति के दिन भी यहाँ मेला लगता है। संथाल समाज के लोग भी यहाँ आते हैं। यह काफी जाग्रत् तांत्रिक पीठ है। कई प्रमुख फिल्मी हस्तियाँ भी यहाँ आ चुकी हैं।

सन् 1967-70 तक यहाँ एक अकेला छिन्नमस्ता का मंदिर बालू के ढेर के बीच सुशोभित था। आज यहाँ प्राय: सभी देवी-देवताओं के मंदिर बन गए हैं। अब यहाँ मंदिरों का मेला प्रतीत होता है।

लारी गाँव का मेला

रामगढ़ जिले के चितरपुर प्रखंड के ग्रामीण क्षेत्र लारी गाँव में फरवरी

में मेले का आयोजन किया जाता है। मेले में लारी गाँव एवं इसके आसपास के गाँवों के लोग शिरकत करते हैं। मेले में तरह-तरह के झूले वाले आते हैं। तरह-तरह की मिठाई की दुकानें सजती हैं। मौत का कुआँ, जादूगर, घोड़ा झूला, नाव झूला, नाग कन्या आदि मेले के आकर्षण के केंद्र होते है। मेले में दूरदराज से लोग पहुँचकर मेले का आनंद उठाते हैं। अपनी जरूरत का सामान खरीदते हैं। यह मेला एक सप्ताह तक लगता है।

हजारीबाग का नृसिंह मेला

कभी हजार बाग वाले शहर के नाम से मशहूर हजारीबाग से आठ कि.मी. दूर खपरियांवा में कार्तिक पूर्णिमा के अवसर पर भव्य मेले का आयोजन किया जाता है और भगवान् नृसिंह की पूजा-अर्चना धूमधाम से की जाती है। खपरियांवा स्थित इस मंदिर में श्रद्धालुओं की संख्या पचास हजार तक पहुँच जाती है। ईख की मिठास एवं गेंदे के फूल की महक वाले इस नृसिंह मेले में पहुँचने एवं पूजा-अर्चना के लिए सुबह तीन बजे से ही लोगों के आने का सिलसिला शुरू हो जाता है। दिनभर श्रद्धालुओं की भारी भीड़ रहती है। पूजा-अर्चना के बाद ईख (प्रसाद) लेकर मेला का लुत्फ उठाने के बाद श्रद्धालु अपने-अपने घरों को लौटने लगते हैं। मेले में हजारीबाग के अलावा चतरा, कोडरमा, गिरिडीह, रामगढ़ सहित कई जिलों के लोग पूजा-अर्चना करने पहुँचते हैं। हजारों लोगों का मुंडन संस्कार भी इस मेले में होता है। पूजा-अर्चना एवं मेले को सुव्यवस्थित करने के लिए नृसिंह मंदिर कमेटी का भी गठन किया जा चुका है। बच्चों एवं महिलाओं के मनोरंजन के लिए मंदिर परिसर के आसपास विभिन्न प्रकार के झूले लगाए जाते हैं। मेले में लाखों की ईख का कारोबार होता है। यहाँ हजारीबाग के अलावा बड़कागाँव, केरेडारी, लोहरदगा, गुमला, गढ़वा के ईख के कारोबारी भी आते हैं।

एक अनुमान के मुताबिक यहाँ मेले में करीब 10 ट्रक से अधिक के

ईख का कारोबार हो जाता है। मेले में श्रद्धालुओं के सहयोग के लिए विभिन्न संस्थाओं द्वारा स्टाल भी लगाए जाते हैं। संस्थाओं द्वारा हलवा-पूरी बाँटी जाती है। कोई खिचड़ी बाँटता है। सरकारी संस्थाएँ भी स्टाल लगाकर योजनाओं की जानकारी देती हैं।

सूर्यकुंड मेला

हजारीबाग जिले में मकर संक्रांति पर्व पर सूर्यकुंड में 15 दिवसीय विशाल मेले का आयोजन होता है। यह 15 जनवरी से 30 जनवरी तक चलता है। मकर संक्रांति के इस पर्व पर सूर्यकुंड धाम के गरम कुंड में मकर स्नान करने दूर-दूर से लोग आते हैं। मकर स्नान सूर्यकुंड में सात दिनों तक लगातार चलता है। सूर्यकुंड में कई देवी-देवताओं के प्राचीन मंदिर हैं। यहाँ पर भगवान् भास्कर के आठ घोड़ों के रथ पर सवार प्रतिमा, माता विरंची देवी समेत कई देवी-देवताओं के मंदिर हैं, जहाँ श्रद्धालु पूजा-अर्चना करते हैं।

मेले में पूरी सुरक्षा का बंदोबस्त रहता है और पुलिस की भी व्यवस्था रहती है। मेला हजारीबाग से लगभग 65 किलोमीटर दूर स्थित बरकट्ठा के सूर्यकुंड धाम में लगता है। मेले में थियेटर, ब्रेक डांस, झूला, सर्कस, मौत का कुआँ, मीना बाजार, पारंपरिक कृषि उपकरण और घरेलू कार्य की अन्य दुकानें लगाई जाती हैं। मेले में पारंपरिक हथियार समेत कई स्थानीय कलाकारों द्वारा बनाए गए घरेलू सामान मिलते हैं।

हजारीबाग मुख्यालय से 65 किलोमीटर उत्तर-पूर्व में स्थित सूर्यकुंड एक पर्यटन स्थल भी है। नए साल में भी यहाँ काफी भीड़ होती है। यहाँ स्थापित कुंडों में से सूर्यकुंड के अलावा चार अन्य कुंड हैं, जो राम, सीता, लक्ष्मण एवं भरत कुंड के नाम से जाने जाते हैं। भरत एवं लक्ष्मण कुंड के जल की उष्णता कम है, जबकि राम एवं सीता कुंड का जल शीतल है। कुंडों के अगल-बगल सूर्य, शिव, माँ विरंची एवं माँ काली के मंदिर भी

स्थापित हैं। प्रकृति की अद्‌भुत छटा सूर्यकुंड परिसर की सुंदरता में चार चाँद लगा देती है। कुंडों के बारे में मान्यता है कि इन कुंडों के जल से स्नान करने से कई असाध्य चर्म रोगों से मुक्ति मिल जाती है।

मान्यता है कि भगवान् श्री राम के वनवास के समय माता सीता द्वारा छठ पर्व करने के लिए लक्ष्मण ने अपने बाण से सुरजकुंड की स्थापना की थी। उस समय से लेकर अनवरत गरम पानी का सोता निकलता रहता है। हालाँकि वैज्ञानिक मानते हैं कि गंधक की रासायनिक प्रतिक्रिया के चलते पानी गरम होता है। कुंड में बराबर स्नान करने व जल सेवन करने से चर्मरोग समेत अपच गैस संबंधी विकार दूर होते हैं। साल भर लोग इसमें स्नान कर रोगमुक्त होते हैं। सूरजकुंड, रामकुंड, सीताकुंड, लक्ष्मणकुंड, भरतकुंड सभी कुंडों का तापमान अलग-अलग है।

दुःखहरणनाथ का मेला

गिरिडीह शहर से लगभग 9 किलोमीटर की दूरी पर स्थित उत्तरवाहिनी उसरी नदी के तट पर स्थित बाबा दुःखहरणनाथ के धाम पर भी मेला लगता है। वर्षों से यहाँ पर लोग बाबा के दर्शन करने व जलाभिषेक करने के लिए आते हैं। महाशिवरात्रि एवं सावन माह में यहाँ मेला लग जाता है। दुःखहरणनाथ धाम की ख्याति गिरिडीह ही नहीं, बल्कि आसपास के इलाकों में फैली हुई है। यहाँ पर सालभर श्रद्धालुओं का जमावड़ा लगा रहता है, लेकिन महाशिवरात्रि और सावन मास में हजारों की संख्या में श्रद्धालु जलाभिषेक करने के लिए आते हैं।

मान्यता है कि बाबा भोले यहाँ पर आने वाले सभी भक्तों की मुराद पूरी करते हैं। बाबा भोले की कृपा से यहाँ आने वाले गरीब को धन, संतानहीन को संतान की प्राप्ति होती है। सावन की पहली सोमवारी को बाबा दुःखहरणनाथ धाम में भारी संख्या में श्रद्धालु पहुँचते हैं। मान्यता है कि वर्ष 1952 में श्रीरामपुर के राजा के वंशज संतानहीनता का कष्ट झेल

रहे बटेश्वर सिंह ने बसंत पंचमी के दिन माँ पार्वती का मंदिर उक्त स्थल पर बनवाया था, जिसके तुरंत बाद ही उन्हें संतान सुख की प्राप्ति हुई। इससे उक्तस्थल की प्रसिद्धि और भी बढ़ती गई। लोग यहाँ पर दूर-दूर से अपनी मुरादें लेकर आने लगे।

सावन पूर्णिमा के दिन हजारों की संख्या में यहाँ श्रद्धालुओं की भीड़ उमड़ती है। पूर्णिमा की पिछली रात श्रद्धालु बड़ाकर नदी के तट से जल उठाते हैं और काँवरिया के रूप में गिरिडीह के मुख्य मार्ग की 20 कि.मी. की दूरी तय कर दुःखहरणनाथ धाम में पहुँच बाबा भोले का जलाभिषेक करते हैं। बड़ाकर से गिरिडीह जाने के क्रम में रास्ते में काँवरियों के आराम व चाय-पानी के लिए कई स्टाल लगाए जाते हैं।

उत्तरवाहिनी उसरी नदी के मुहाने पर मंदिर होने के कारण इसकी महत्ता और भी बढ़ जाती है। शास्त्रों में दरशाया गया है कि उत्तरमुखी नदी गंगा के समान होती है। इसके मुहाने पर स्थित मंदिर तीर्थस्थल के समान फलदायक होते हैं। नदी में स्नान कर भगवान् भोले का जलाभिषेक करने से श्रद्धालुओं की मन्नतें पूरी होती हैं।

मधुबन का मकर संक्रांति मेला

मधुवन के, जो जैन धर्म का सबसे बड़ा तीर्थ स्थल है, बिरनगड्डा मैदान में मकर संक्रांति का मेला लगता है। पारसनाथ पर्यटन स्थल होने के साथ एक प्रसिद्ध तीर्थस्थल है। यहाँ 20 तीर्थंकरों ने निर्वाण प्राप्त किया है। अहिंसा का संदेश देने वाली इस धरती की मर्यादा बनाए रखने के लिए मकर संक्रांति मेले में मांसाहार व मद्यपान पर पूर्णरूपेण प्रतिबंध लगा दिया गया है। मेले में काफी लोग आते हैं। आसपास के लोगों की अधिक भीड़ रहती है।

बराकर नदी तट का खिचड़ी मेला

गिरिडीह के पालगंज में गंगा नदी की तरह उत्तरवाहिनी बराकर नदी मकर संक्रांति पर्व को लेकर विशेष स्थान रखती है। गिरिडीह के पालगंज में मेला लगता है। यही वजह है कि मकर संक्रांति के अवसर पर स्नान-दान के लिए सैकड़ों श्रद्धालु यहाँ आते हैं। ब्रिटिशकालीन शिवमंदिर में जलाभिषेक करते हैं। इस अवसर पर बराकर तट पर विशाल खिचड़ी मेला लगता है। डुमरी में भी मकर संक्रांति पर मेला लगता है। नई फसल आने की खुशी में मनाए जानेवाले इस त्योहार पर लोग स्नानकर पूजा-अर्चना करते हैं।

इसके बाद चूड़ा, दही, तिल, तिलकुट खाते हैं। इस दिन से लोग शुभ कार्य की शुरुआत भी करते हैं। खिचड़ी खाते हैं। चंपानगर में भी दो दिवसीय मेला लगता है। यहाँ राधा-कृष्ण की प्रतिमा स्थापित की जाती है। बराकर में जहाँ उत्तरवाहिनी नदी की पूजा होती है, वहीं चंपानगर में राजतंत्र काल से मेला लगने के कारण भी भीड़ जुटती है। चंपानगर में रामकिंकर उपाध्याय के वंशज ही पूजा कराते हैं। लोहे के सामान और बरतन के लिए यह मेला विशेष रूप से जाना जाता है।

बोकारो का बसंत मेला

बोकारो के बसंत मेले की भी बहुत ख्याति है। सन् 1967 से बोकारो में यह मेला लग रहा है। बोकारो के सिटी पार्क में इसका आयोजन होता है। फरवरी के दो दिन के इस मेले का लोग बेसब्री से इंतजार करते हैं। बसंत मेले में नगर सेवा विभाग की ओर से कुछ स्टाल बनाकर दिए जाते हैं, जबकि कुछ को स्टाल बनाने के लिए जमीन मुहैया कराई जाती है। मेले में प्लांट की झलक भी दिखाई जाती है। इसके साथ ही मेले में बी.एस.एल. के संकार्य, सुरक्षा, अग्निशमन सेवाएँ, जल प्रबंधन, संपर्क एवं प्रशासन, शिक्षा, जनसंपर्क सहित विभिन्न विभागों के स्टाल भी लगाए

जाते हैं। महिला समिति का भी स्टाल लगता है। इसके अलावा आसपास के उद्योग-धंधे, शिक्षण संस्थान, इलेक्ट्रॉनिक्स व इलेक्ट्रिकल वाहन, फास्ट फूड आदि के भी स्टॉल लगते हैं। स्थानीय कलाकारों द्वारा सांस्कृतिक कार्यक्रम पेश किया जाता है। मेला घूमने वाले सिटी पार्क के उद्यान में तरह-तरह के खिले फूलों का भी अवलोकन करते हैं। लोग उद्यान का भ्रमण करते हैं। इसलिए उद्यान को भी सजाया जाता है। उद्यान में अलग-अलग रंग के गुलाब के फूल भी हैं।

'लुगू बुरु घांटा बाड़ी धोरोमगढ़' मेला

यह संथालों का प्रमुख तीर्थ स्थल है, जो बोकारो जिले के गोमिया प्रखंड के अंतर्गत ललपनिया में लुगू पहाड़ पर अवस्थित है। यहाँ प्रतिवर्ष कार्तिक पूर्णिमा के दिन मेला लगता है, जिसमें संथाल समुदाय के लोग भारी संख्या में जुटते हैं और अपने आराध्य की पूजा-अर्चना करते हैं। इसे 'लुगू बुरु घांटा बाड़ी धोरोमगढ़' के नाम से भी जाना जाता है।

लुगू पहाड़ के बारे में एक प्रसिद्ध लोककथा है। लोककथा के अनुसार, 'लुगू बुरु घांटा बाड़ी धोरोमगढ़' एक पौराणिक देव स्थल है। यह वह स्थान है, जहाँ देवलोक से देवतागण पृथ्वी लोक में 'तोड़े सुताम' यानी एक प्रकार के काल्पनिक तंतु की राह से उतरकर 'दोरबार चटनी' अर्थात् विचार-गोष्ठी स्थल पर आते थे, जहाँ वे विचार-विमर्श और अपना मनोरंजन करते थे। देवताओं और संथालों के बीच संपर्क का काम लुगू बाबा करते थे, जो इसी पहाड़ के शीर्ष पर बनी एक गुफा में रहते थे। जब देवता विचार-विमर्श कर देवलोक लौट जाते, लुगू बाबा उनके विचारों से संथालों को अवगत कराते थे। तब से ही यहाँ पर प्रतिवर्ष एक मेले का आयोजन होता है, जिसमें संपूर्ण संथाल समाज उपस्थित होता है। इसमें न सिर्फ झारखंड के संथाल अपने आराध्य देव लुगू बुरु की पूजा करते हैं, बल्कि

ओडिशा, बंगाल, बिहार, छत्तीसगढ़ और नेपाल एवं बाग्लादेश से भी संथाली समुदाय के लोग आते हैं और लुगू पहाड़ की हजारों फीट ऊँचाई चढ़कर लुगू बाबा की पूजा-अर्चना करते हैं।

आर्यों के आने से पहले की परंपरा : पूर्व नायके (पुजारी) जमशेदपुर के कन्हाई बेसरा का कहना है कि लुगू बुरु संथालियों के आराध्य देव हैं और इनकी पूजा लुगू पहाड़ की गुफा में आर्यों के आने के पहले से ही की जाती रही है। संथाल (आदिवासी) समुदाय के पूर्वज इसी स्थान पर रहते थे। लुगू पहाड़ की तलहटी में पूर्वजों द्वारा उपयोग में लाए गए कई अवशेष आज भी विद्यमान हैं। चट्टानों पर चटाई के चिह्न यहाँ सर्वत्र देखे जा सकते हैं।

प्रत्येक वर्ष कार्तिक पूर्णिमा में होनेवाले महाधर्म सम्मेलन में देश के कोने-कोने से महिला-पुरुष हजारों फीट की ऊँचाई पर स्थित लुगू बाबा मंदिर पहुँचते हैं और वहाँ पूजा कर धर्म सम्मेलन में भाग लेते हैं।

लुगू पर्वत की तलहटी में लुगू बुरु घांटा बाड़ी धोरोमगढ़ की स्थापना 30 नवंबर, 2007 को की गई, ताकि लुगू पर्वत पर चढ़ने का सुगम रास्ता बनाया जा सके। सनातन धर्म में मान्यता है कि जब किसी हिंदू की मृत्यु होती है तो उसकी अस्थियों को बनारस जाकर गंगा में प्रवाहित किया जाता है, ठीक उसी प्रकार झारखंड सहित तमाम इलाकों के संथाल समुदाय के लोगों की जब मृत्यु होती है, तब उनकी अस्थियों को रजरप्पा की दामोदर नदी में प्रवाहित किया जाता है। लुगू बाबा के संबंध में कई पौराणिक गाथाएँ भी हैं तथा उन पर बने कई लोकगीत भी गाए जाते हैं।

हथिया मेला

बोकारो के बेरमो का यह मेला काफी चर्चित है। यहाँ मकर संक्रांति के दिन विशाल मेले का आयोजन किया जाता है। यह धार्मिक स्थल

हथिया पत्थर विचित्र दंतकथाओं से जुड़ा है। मेले का आयोजन यहाँ कब से हो रहा है, यह ठीक-ठीक पता नहीं है। लोग कहते हैं कि यहाँ प्राचीन काल से ही मेला लगता आ रहा है। मेले के पीछे भी एक कहानी है, जो अब लोगों की स्मृतियों में जीवित है।

कहा जाता है कि एक बार कोई राजा युद्ध कर अपने लाव-लश्कर के साथ लौट रहा था। तब दामोदर में बाढ़ आई थी। राजा ने दामोदर से विनती की। पानी कम हो जाए तो उसकी सेना पार हो सकती है। इसके बदले में काड़ा व भेड़ा चढ़ाएँगे।

दामोदर प्रसन्न हो गए और राजा पार करने लगा। राजा और उसकी कुछ टुकड़ी पार हो गई तो राजा अपनी बात से मुकर गया। तब तक दामोदर में हाथी-घोड़े और कुछ सैनिक फँसे हुए थे। अंततः सभी पत्थर हो गए। दामोदर नद में ही हाथी के आकार का एक पत्थर है, जिसे दूर से देखने पर पता चलता है कि कोई हाथी खड़ा है। इसके आसपास छोटे-छोटे पत्थर हैं, जिन्हें लोग सैनिक और घोड़ा समझते हैं। राजा को जब अपनी गलती का एहसास हुआ तो बहुत देर हो चुकी थी। अंततः उसने नद की पूजा-अर्चना की। इसके बाद यहाँ धीरे-धीरे मेले का आयोजन शुरू हुआ, जिसने आज बढ़ते-बढ़ते विशाल आकार ग्रहण कर लिया है। नद में हाथी के आकार के पत्थर के कारण ही इसे 'हथिया पत्थर' और उसकी याद में आयोजित होने वाले मेले को 'हथिया मेला' कहा जाता है।

बेलगडा पशु मेला

चतरा जिले के सिमरिया अनुमंडल क्षेत्र के बेलगडा में भी पशु मेला लगता है। मेले में झारखंड, बिहार, छत्तीसगढ़, ओडिशा व बंगाल से भारी संख्या में पशु व्यापारी पहुँचते हैं। स्थानीय प्रशासन द्वारा मेले में आने वाले व्यापारियों के लिए पेयजल व स्वास्थ्य सुविधा उपलब्ध कराई जाती है।

माँ झोरबुड़ी मेला

धनबाद जिले के पंचेत क्षेत्र में पाँच दिवसीय माँ झोरबुड़ी गरम कुंड मेले का आयोजन होता है। फरवरी के महीने में आयोजित होने वाले इस मेले में आए श्रद्धालु गरम कुंड में स्नान करते हैं। माँ का दर्शन करते हैं। मेले में काफी दुकानें लगती हैं। सर्कस और झूले से लेकर अन्य जरूरत के सामानों की दुकानें भी लगती हैं।

□

पलामू प्रमंडल के मेले

परगना से प्रमंडल

पलामू में पहले गढ़वा और लातेहार दोनों जिले थे। 1 अप्रैल, 1991 को गढ़वा अनुमंडल को जिला घोषित किया गया और लातेहार अनुमंडल को लगभग दस साल बाद, 4 अप्रैल, 2001 को जिला बना दिया गया। पलामू पहले परगना था। सन् 1765 में पलामू ईस्ट इंडिया कंपनी के कब्जे में था। 1 जनवरी, 1892 को यह जिला बना। सौ साल बाद 3 मई, 1993 को इसे प्रमंडल बनाया गया। पलामू धरती का प्राचीनतम भूखंड माना जाता है।

पलामू के नामकरण पर भी तरह-तरह के कयास लगाए जाते हैं। पहला तो यही कि यहाँ कभी खूब पाला पड़ता था, जिसके कारण फसलों, पशु-पक्षियों और जनता की काफी हानि होती थी। इसलिए इसे 'पलामू' कहा गया यानी पाले का घर। एक दूसरा मत यह है कि इस क्षेत्र में पलायनवादियों या भागे हुए लोगों को शरण मिलती रही। सो, यह पलामू कहलाया। तीसरा मत यह है कि औरंगा नदी के किनारे स्थित किले के राजाओं की कुलदेवी 'पालामा' थीं, इसलिए पलामू कहा गया। पालामा यानी पालन करनेवाली माँ।

पलामू के डिप्टी कमिश्नर रहे मैकफर्सन ने अनुमान लगाया कि 'पलामू' द्रविड़ शब्द है। द्रविड़ भाषा में 'पाल' का अर्थ दाँत और आम का अर्थ 'पानी' होता है। इसी से 'पलामू' शब्द निकला।

हवलदार रामगुप्त 'हलधर' ने अपनी पुस्तक 'इतिहास पलामू का' और रामेश्वरम ने अपने कई लेखों में 'पलामू' शब्द पर विचार किया है। अंग्रेज जब आए तो वे पलामू को पालामऊ Palamau लिखने लगे। फिर भी एक बात साफ है कि शुरू से ही इस अंचल को 'पलामू' कहा जाता रहा है। अब यह कहाँ से आया है, किसने इसे प्रचलित किया, यह आज तक अज्ञात है। एक बात और भी ध्यान देने योग्य है कि यहाँ कई जातियाँ आईं, बस गईं और बाद में आगे बढ़ती गईं; पर एक जाति कोल के बारे में कोई जानकारी नहीं है।

कोल आदिम काल से ही यहाँ की उपत्यका में निवास करते आ रहे हैं और आज भी हैं। अब ये आदिम जनजाति की श्रेणी में हैं। संजीव ने इनका खूब जिक्र किया है। ये आर्यों और द्रविड़ों के आगमन से पहले से ही यहाँ रह रहे हैं। वे जब आए तो ये जंगलों की ओर खिसक गए। बहुत बाद में द्रविड़ गोत्र की माई जाति आई। कहा जाता है कि यह कर्नाटक की ओर से आई। इन्होंने कई किलों का निर्माण किया, जिसके ध्वंसावशेष आज भी मौजूद हैं। फिर मध्यकाल में इसी गोत्र के उराँव आए। ये रोहतास होते हुए पलामू आए और यहाँ लंबे समय तक रहने के बाद राँची की ओर चले आए।

रोहतासगढ़ का किला उराँवों का ही बनवाया हुआ बताया जाता है। मुगलों ने आक्रमण कर कब्जा कर लिया तो फिर वे वहाँ से पलायन कर गए। मुगल और उराँवों के संघर्ष की कथाएँ आज भी लोकगीतों में सुरक्षित हैं। इसमें महिलाओं ने मोरचा सँभाला था। इस संघर्ष की याद में ही जनी शिकार पर्व मनाया जाता है। पलामू के इतिहास में कोलों का भी बड़ा महत्त्व है। उनका यहाँ दो हजार साल पुराना इतिहास मिलता है।

पौराणिक आख्यानों पर विश्वास करें तो पुराने लोग कहते आ रहे हैं कि इस वन प्रांत को महाराज दशरथ ने रामजी के विवाहोत्सव के समय बाजा बजाने वालों को इनाम में दिया था। महाभारत काल में यह वन खंड

प्रतापी राजा बभ्रुवाहन के राज्य में शामिल था। पांडवों ने यहाँ अज्ञातवास के दौरान कुछ समय भी बिताया था। हुसैनाबाद में भीम चूल्हा को लोग उसी से जोड़कर देखते हैं। बौद्ध काल के भी कुछ अवशेष मिले हैं। हुसैनाबाद के आसपास प्राचीन इतिहास के कई सूत्र मौजूद हैं। प्रखंड के पंसा व सहराविरा गाँव में दो स्तूप मिले हैं। स्तूप मिट्‌टी के बने हैं। सहराविरा पंसा गाँव से 5 कि.मी. दूर है। सहराविरा में मिले स्तूप की ऊँचाई तीन मीटर है और परिधि आठ मीटर। इसमें पक्की ईंटों का भी इस्तेमाल हुआ है। स्तूप के बीच में पत्थर का स्तंभ है। स्तंभ के ऊपरी हिस्से पर बुद्ध की आकृति है। यह 6वीं-7वीं शताब्दी का है।

पलामू में भी एक रॉक पेंटिंग मिली है; हुसैनाबाद अनुमंडल के महुदड़ पंचायत की लिखलाही पहाड़ी पर। पलामू के एनसाइक्लोपीडिया रामेश्वर मछली के जीवाश्म का भी जिक्र करते हैं, जो पलामू के रजडंडा, महुआडांड़ में मिला था। नेतरहाट की पहाड़ी में आठ लाख वर्ष पूर्व ज्वालामुखी के विस्फोट से प्राकृतिक रंगशाला का निर्माण हुआ था, जो आज भी है।

कहना न होगा कि पलामू का इतिहास ज्ञात इतिहास से कहीं अधिक प्राचीन है। जिले के शाहपुर, अमानत पुल, रंकाकलाँ, दुर्गावती पुल, बजना, वीरबंध, मैलापुल, चंदरपुर, झाबर, हाथीगारा एवं बालूगारा, नाकगढ़ पहाड़ी आदि स्थलों पर खुदाई में पूर्व, मध्य और उत्तर पाषाणकाल के साथ नव पाषाणकाल के पत्थर के औजार भी प्राप्त हुए। इनमें कुल्हाड़ी, स्क्रेपर, ब्लेड, बोरर और ब्यूरिम मुख्य हैं। भवनाथपुर के निकट प्रागैतिहासिक काल के दुर्लभ शैलचित्र भी मिले हैं। कई प्राकृतिक गुफाएँ भी यहाँ हैं।

औरंगा नदी के तट पर पलामू किला है। 17वीं शताब्दी से चेरो वंश के राजा यहीं से राज करते थे। इस वंश के प्रथम शासक भागवत राय थे। उनका शासन 1613 ई. में शुरू हुआ था। इस वंश के सबसे प्रतापी राजा थे मेदिनी राय। गढ़वा से 16 कि.मी. उत्तर-पूर्व में विश्रामपुर में एक गढ़

है। इसे पलामू के राजा जयकिशन राय के भाई नरपत राय ने बनवाया था। डालटनगंज के पास भी एक अधूरे किले के अवशेष हैं। इसे 18वीं शताब्दी में पलामू के ही राजा गोपाल राय ने बनवाना शुरू किया था, लेकिन किला अधूरा रह गया। पलामू में पुराना किला और नया किला है। इतिहास की किताबों में दर्ज तथ्य के अनुसार, पुराने किले से 12वीं शताब्दी की बुद्ध की भूमिस्पर्श मुद्रा में एक मूर्ति मिली थी।

चेरो का काल पलामू के लिए स्वर्णकाल था। इनकी उत्पत्ति च्यवन ऋषि से बताई जाती है। इस जाति ने सबसे पहले नेपाल की तराई कुमाऊँ प्रांत में अपना राज्य स्थापित किया। इसके बाद इस वंश ने विभिन्न क्षेत्रों में अपने राज्य कायम किए। कालांतर में इनके वंश के भगवंत राय और पूरनमल पलामू पहुँचे। जिस समय ये पलामू पहुँचे, उस समय पलामू किले पर राजा मानसिंह का अधिकार था। दोनों ने मानसिंह के दरबार में नौकरी कर ली। दोनों की सूझ-बूझ और बहादुरी से प्रसन्न होकर इन्हें सेना की कमान सौंप दी गई, लेकिन एक विश्वासघात से पलामू की तकदीर ही नहीं, इतिहास भी बदल गया। हुआ यह कि राजा मान सिंह के पुत्र का विवाह सरगुजा में तय हुआ। वे बारात लेकर सरगुजा चले गए और किले का भार अपने सरदार भगवंत राय पर छोड़ गए। मौका पाकर भगवंत राय ने मानसिंह के पूरे परिवार को मार डाला और खुद राजा बन बैठा। सेना लेकर वह आगे बढ़ा और बारात वापस लेकर लौट रहे मान सिंह का मुकाबला किया। मानसिंह हार गए और सरगुजा लौट गए। वहाँ मान सिंह ने वही किया, जो भगवंत ने उनके परिवार के साथ किया। उन्होंने सरगुजा के राजा की हत्या कर राज्य अपने अधीन कर लिया और पूरनमल को अपना मंत्री बना लिया। यहीं से कोल राजा का अंत और चेरो राजवंश का उदय होता है।

चेरो राज के संस्थापक भगवंत राय के पोते अनंत राय के शासनकाल में औरंगजेब के तत्कालीन बिहार सूबेदार दाऊद खाँ ने पलामू पर कब्जा

कर लिया, लेकिन उसके वापस लौटते ही चेरो राजा ने पुनः अधिकार कर लिया। इस बीच और घटनाएँ हुईं। दाऊद खाँ ने पुनः 3 अप्रैल, 1660 को चेरो रजा को पराजित किया। इस बार उसने किले को ही नुकसान नहीं पहुँचाया, बल्कि किले के अंदर मंदिरों को तोड़कर मसजिद का निर्माण भी करवाया। उसी तरह किले के सिंहद्वार पर स्थित मंदिर को भी तोड़कर मसजिद बनवाई। इसके ध्वंसावशेष आज भी किले के अंदर और बाहर मौजूद हैं।

मुगलों के आगमन के साथ ही पलामू में उथल-पुथल तेज हो गई। अंग्रेजों के समय तो पूरा क्षेत्र धधक उठा। सन् 1857 की आग यहाँ भी लगी और नीलांबर-पीतांबर ने इस लड़ाई को अंजाम तक पहुँचाया। सन् 1857 के संग्राम के करीब 26 साल पहले ही झारखंड की जनजातियों ने अंग्रेजी शासन के खिलाफ विद्रोह कर दिया था। झारखंड की सांस्कृतिक पहचान का राजनीतिक अर्थ भी पहली बार सन् 1831 के कोल विद्रोह से उजागर हुआ था। उसमें मुंडा, हो, उराँव, भुइयाँ आदि जनजातियाँ शामिल थीं। इस विद्रोह के केंद्र राँची, सिंहभूम और पलामू थे।

इस इलाके के बारे में पहली कोई किताब मिलती है तो वह है बाँग्ला की 'पालामौ'। यह यात्रा वृत्तांत है और इसे बंकिम चंद्र चट्टोपाध्याय के बड़े भाई संजीव चट्टोपाध्याय ने सवा सौ साल पहले सन् 1880 में लिखा था। यह कृति सिर्फ रूमानी नहीं है। पहाड़ों के सौंदर्य, जंगलों की गाथा, झरनों की कल-कल के साथ कोल जातियों के संघर्ष और कर्ज में डूबकर आजीवन बंधुआ बन जाने की कहानी भी इसमें है। रामशरण जोशी भी सातवें दशक में यहाँ आकर बंधुआ मजदूरों के दर्द को राष्ट्रीय स्तर पर ले गए। नौवें दशक में पी साइनाथ आए और कई रिपोर्टें लिखीं। महाश्वेता देवी ने पलामू को रामेश्वर की आँखों से देखा। वे कई बार आईं। बंधुआ मजदूरों के मुक्ति आंदोलन से जुड़ीं और पलामू आईं। यहाँ की दशा, दर्द और दमन देखकर 'भूख' उपन्यास लिखा।

पलामू के ही रहनेवाले मनमोहन पाठक ने 'गगन घटा गहरानी' लिखकर स्तब्ध कर दिया। इस महान् क्लासिक रचना पर हिंदी में चर्चा नहीं होती। डालटनगंज के ही रहनेवाले अभी काशीवासी पत्रकार और कथाकार श्याम बिहारी 'श्यामल' ने पलामू को याद किया। युवा कथाकार राकेश कुमार सिंह ने भी अपने गाँव-घर का ऋण लेखन से चुकाया। राकेश ने 'जहाँ खिले हैं रक्त पलाश', 'पठार पर कोहरा', 'साधो, यह मुर्दों का गाँव' के जरिए पलामू के नग्न, जटिल होते यथार्थ और इसके रक्तचरित्र को कई कोणों से देखने-समझने का प्रयत्न किया है।

तो यह है पलामू। अब यहाँ के मेलों का आनंद लीजिए।

पलामू किले का छठ मेला

लातेहार जिले के अंतर्गत चेरो राजा मेदिनीराय के पलामू किले में लगने वाले ऐतिहासिक छठ मेले में भारी संख्या में नागरिकों व पर्यटकों की भीड़ उमड़ती है। इस द्विदिवसीय मेले में पलामू, गढ़वा व लातेहार जिले के लोग मेले के बहाने राजा मेदिनीराय के पुराने व नए किले में घूमने का आनंद भी उठाते हैं। सजी दुकानों से लोग जमकर खरीदारी करते हैं। प्रकृति की गोद में बसा पलामू किला एवं औरंगा नदी के निकट विशाल भूखंड पर हर वर्ष यह पारंपरिक मेला लगता है।

यहाँ लगने वाला मेले कुछ अलग और खास हैं। मेले के साथ हम पलामू किला देखकर अपने इतिहास को जरूर याद करते हैं। विभिन्न परिधानों में सज-धज कर मेले में आदिवासी समाज के लोग पहुँचते हैं। मेले में लकठो मिठाई के साथ-साथ बादाम व हड़िया की भी खूब बिक्री होती है। आसपास ही नया और पुराना किला है। नया किला एक पहाड़ी पर है। उसके शिखर पर चढ़ने के बाद नीचे औरंगा नदी बहती हुई दिखाई देती है। वह काफी खूबसूरत दृश्य होता है।

मंकर संक्रांति मेला

पलामू जिले का हुसैनाबाद अनुमंडल बिहार से सटा है। इसकी सीमा पर दंगवार के सूर्य मंदिर प्रांगण में मंकर संक्रांति के अवसर पर मेला लगता है। पास ही सोन नदी बहती है। दंगवार में पिछले पचास वर्षों से मेले का आयोजन किया जा रहा है। यहाँ दो राज्यों के लोग पहुँचकर मेले का आनंद उठाते हैं। मेला लगातार एक सप्ताह तक चलता है। मेले में खान-पान के साथ खूब खरीदारी होती है। सांस्कृतिक कार्यक्रम के तहत दोगोला का आयोजन होता है। मेले में झारखंड व बिहार के श्रद्धालुओं द्वारा पूजा-पाठ किया जाता है। मेले के सफल आयोजन को लेकर कमेटी का भी गठन किया जाता है। पुलिस प्रशासन की भी महत्त्वपूर्ण भूमिका रहती है।

हैदरनगर का भूत मेला

झारखंड के पलामू जिले के हुसैनाबाद अनुमंडल के हैदरनगर में पिछले 200 सालों से भूतों का मेला लगता आ रहा है। इस धाम को शक्तिपीठ के नाम से भी जाना जाता है। यह मेला नवरात्र में लगता है। नवरात्र के पहले दिन से ही झारखंड और सीमावर्ती प्रदेशों से लोग आने लगते हैं। लोगों का मानना है कि यहाँ आने वाले ऐसे श्रद्धालुओं की संख्या ज्यादा होती है, जो प्रेत बाधा से ग्रसित होते हैं। यह ऐसी जगह है, जहाँ भूत उतारा जाता है। लोगों के अनुसार यहाँ उन प्रेत आत्माओं को खत्म किया जाता है, जो लोगों को परेशान करती हैं। यह मेला हैदरनगर स्टेशन के पास ही लगता है; रेल लाइन के किनारे। यहीं पर प्रसिद्ध माँ भगवती देवी का धाम है। दूर-दूर से ओझे प्रेत पीड़ित महिलाओं को लेकर आते हैं। मंदिर के आस-पास प्रसाद की दुकानें सजती हैं। चुनरी और अन्य पूजा सामग्री की काफी दुकानें सज जाती हैं। श्रद्धालु माँ शीतला को नारियल एवं चुनरी चढ़ाते हैं। मंदिर के परिसर में एक अग्नि कुंड

स्थापित है। जिन पर भूत-प्रेत की छाया रहती है, वे यहाँ नाचने एवं झूमने लगते हैं। यहाँ के ओझाओं का कहना है कि जिन पर भूत-प्रेत का साया रहता है, उनके शरीर से आत्मा को निकालकर हम लोग एक लोहे की बनी चिलम में बंद कर देते हैं। ऐसा करने पर लोग को भूतों से छुटकारा मिलता है। नौ दिनों तक यहाँ काफी भीड़-भाड़ रहती है। दिन-रात भूत झाड़ने का क्रम चलता है। ओझाओं की भीड़ यहाँ देखने को मिलती है। महिलाएँ अपने बाल खोलकर इस तरह झूमती हैं कि कमजोर दिल का आदमी डर जाए। यहाँ अब भूतों से छुटकारा मिलता है या नहीं, यह तो शोध का विषय है, लेकिन नौ दिनों अनोखा मेला तो लगता ही है।

गजनाधाम का मेला

पलामू के हुसैनाबाद में झारखंड और बिहार की सीमा पर कररबार नदी के तट पर अवस्थित गजनाधाम में चैती नवरात्र के अवसर पर भव्य मेला लगता है। पूर्णिमा के अवसर पर लाखों की संख्या में कई राज्यों से लोग यहाँ आकर प्रसाद चढ़ाते हैं और मन्नत माँगते हैं। गजानन माता के इस मंदिर में मान्यता है कि जो भक्त सच्चे मन से माँ की आराधना करता है, उसकी मनोकामनाएँ पूर्ण होती हैं।

हुसैनाबाद अनुमंडल मुख्यालय से लगभग बारह कि.मी. दूर बिहार के औरंगाबाद जिले के गजना गाँव के निकट अवस्थित है गजनाधाम का मंदिर, जबकि हुसैनाबाद के पोल्डीह गाँव से यह महज दो सौ मीटर दूर है। प्रतिवर्ष चैत एवं आश्विन माह के शुक्ल पक्ष में यहाँ मेला लगता है, जहाँ हजारों श्रद्धालु गजानन माता को कड़ाही प्रसाद चढ़ाते हैं।

गजनाधाम का यह प्राचीन मंदिर लगभग आठ एकड़ क्षेत्र में फैला हुआ है। गजनाधाम मंदिर की महत्त्वपूर्ण विशेषता यह है कि मंदिर में गजानन माता की कोई आकृति या मूर्ति नहीं है, अपितु यहाँ निराकार देवी माँ की पूजा-अर्चना की जाती है। मंदिर में सदैव एक अखंड ज्योति प्रज्वलित रहती

है। मंदिर में प्रसाद के रूप में मिट्टी की कड़ाही में शुद्ध घी से पूड़ी बनाई जाती है, जिसे गुड़ के साथ चढ़ाया जाता है। मंदिर की प्रबंधन समिति द्वारा प्रसाद चढ़ाने हेतु दान राशि के रूप में दस रुपए का कूपन दिया जाता है। इस राशि को मंदिर के रख-रखाव पर खर्च किया जाता है। इसके अलावा मंदिर परिसर में भगवान् की कथा कराने, मुंडन कराने एवं चुनरी चढ़ाने के लिए मंदिर समिति द्वारा संकल्प राशि ली जाती है।

गजनाधाम के बारे में कहा जाता है कि यह गजानन माता धाम का अपभ्रंश एवं संक्षिप्त रूप है। एक प्रचलित पौराणिक कथा के अनुसार, देवासुर संग्राम में ललिता नामक देवी ने राक्षसराज विषपूर्ण से धर्मयुद्ध किया था। इस युद्ध में देवी माँ की पराजय हो गई थी। तब देवी माता ने भगवान् विष्णु से राक्षसराज विषपूर्ण पर विजय का उपाय बताने का अनुरोध किया। भगवान् विष्णु ने देवी को भगवान् शंकर से संसर्ग कर गणेशजी को उत्पन्न करने का सुझाव दिया। उस समय भगवान् शिव गजनाधाम पर तपस्या में लीन थे।

माता ललिता देवी उस स्थल पर गईं तथा भगवान् शंकर के संसर्ग से गणेशजी की उत्पति हुई। तब से वह गजानन माता हो गईं तथा उक्त स्थल गजनाधाम के नाम से प्रसिद्ध हो गया।

प्रारंभ में गजनाधाम का कार्यभार अलबेला बाबा सँभालते थे। इनके बाद गजनाधाम को सुव्यवस्थित करने एवं प्रतिष्ठित करने में जगन्नाथ सिंह त्यागी का काफी महत्त्वपूर्ण योगदान रहा है। मंदिर में साल भर श्रद्धालुओं का ताँता लगा रहता है, किंतु पूर्णिमा के दिन भक्तों की भारी भीड़ रहती है।

गढ़देवी का मेला

झारखंड के सीमावर्ती जिले गढ़वा का नाम गढ़देवी के नाम पर पड़ा है। माँ का मंदिर जिला मुख्यालय में अवस्थित है। यहाँ पर नवरात्र में

भक्तों की काफी भीड़ होती है। नवरात्र में पूजन की परंपरा के मामले में यह अनोखा मंदिर है। गढ़वा गढ़ परिसर में होने तथा गढ़ परिवार द्वारा नवरात्र में विशेष पद्धति से पूजा-अर्चना कराए जाने के कारण गढ़देवी मंदिर के नाम से जाना जाता है। जहाँ तक इसकी प्राचीनता का प्रश्न है, सन् 1915 के सर्वे में भी इस मंदिर के होने का प्रमाण मिलता है। नवरात्र के मौके पर ही यहाँ मेले का भी आयोजन किया जाता है।

माना जाता है कि यह मंदिर ऐतिहासिक है। बुजुर्गों के अनुसार सन् 1926 में तब इस मंदिर को काफी ख्याति मिली, जब गढ़वा गढ़ के राजा निस्संतान ठाकुर अमरदयाल सिंह की पुत्र प्राप्ति की मन्नत पूरी हुई थी। किंवदंतियों के अनुसार निस्संतान राजा ठाकुर अमरदयाल सिंह नवरात्र में अपनी ससुराल के देवीपुर (उड़ीसा) गए थे, जहाँ पंडितों ने उन्हें संतान प्राप्ति के लिए नवरात्र के अवसर पर विशेष पद्धति से अनुष्ठान करने का सुझाव दिया था। उड़ीसा के पंडितों के सुझाव पर तत्कालीन राजा ठाकुर अमरदयाल सिंह ने नवरात्र के अवसर पर बलि प्रथा की अनिवार्यता को ध्यान में रखकर माँ गढ़ देवी मंदिर परिसर में अनुष्ठान कराने का निर्णय लिया। उन्होंने इस मंदिर परिसर में देवीपुर के पंडितों के सुझाव पर माँ दुर्गे की प्रतिमा स्थापित कर विशेष अनुष्ठान कराया, जिससे उन्हें दो संतानें ठाकुर गिरिजानंद सिंह तथा ठाकुर जगदीश नारायण सिंह के रूप में प्राप्त हुईं। निस्संतान राजा को जब अनुष्ठान से पुत्र की प्राप्ति हुई तो उन्होंने इस मंदिर परिसर में प्रतिवर्ष नवरात्र में प्रतिमा स्थापित कर पूजा-अर्चना की परंपरा आगे बढ़ा दी। तभी से आम श्रद्धालुओं के बीच मान्यता बन गई है कि इस मंदिर में जाकर श्रद्धापूर्वक जो भी मन्नतें माँगी जाती हैं, भगवती उसे अवश्य ही पूरी करती हैं। यहाँ पर यू.पी., बिहार व छत्तीसगढ़ से लोग आते हैं।

सती स्थल मेला

झारखंड में भी कभी सती होने की परंपरा रही है, जिनकी याद में

यहाँ कई सती स्थल-स्थल देखे जा सकते हैं। पालकोट में 350 साल पुराना सती मठ है, जो छोटानागपुर की महारानी की याद में बनाया गया है। कहा जाता है कि उन्होंने सतीदाह किया था। पलामू जिले के पाटन प्रखंड के सोले गाँव में सती स्मारक है, जहाँ गाँव की शादी के अवसर पर पूजा की जाती है। इसी प्रकार धनबाद के चास प्रखंड के बीसा गाँव में भी एक सती स्थान है। इस सती स्थान के चारों ओर पत्थर की दीवारें हैं। यह दो सौ साल से भी ज्यादा पुराना बताया जाता है। उसी प्रखंड में 150 साल पुराना एक दूसरा सती स्थान है, जो पैलाडीह गाँव में है। हजारीबाग के बिशुनगढ़ प्रखंड के झरिया में भी सती स्थल पाए गए हैं। सेरनदाग का सती स्थान भी लगभग दो सौ साल पुराना है। हाल में चतरा के ईटखोरी में भी कानूनिया माई मंदिर में सती स्तंभ मिला है। सती स्तंभ काले पत्थर को तराशकर बनाया गया है। इस स्तंभ में त्रिशूल, सूर्य, चंद्रमा के प्रतीक चिह्न बने हुए हैं। इस स्थल को 16 दिसंबर, 2012 में पुरातत्त्वविद् एन.जी. निकोसे ने खोजा है।

प्राचीन काल में सती प्रथा का प्रचलन था। जहाँ कोई महिला सती होती थी, वहाँ सती स्तंभ बना दिए जाते थे। इसके आसपास मंदिरों का भी निर्माण किया जाता था। सती स्तंभ के आसपास भी मंदिरों के अवशेष विद्यमान हैं। राँची में भी रातू रोड में मारवाड़ियों ने श्री राणी सती मंदिर का निर्माण करवाया है, जहाँ हर समय कोई-न-कोई धार्मिक आयोजन होता रहता है।

सात बहनों का सती स्थल सतबहिनी

गढ़वा जिला मुख्यालय से 36 कि.मी. दूर कांडी प्रखंड स्थित सतबहिनी मंदिर अब एक पर्यटन स्थल के रूप में विकसित हो चुका है। इसका श्रेय किसी सरकार को नहीं, यहाँ के उत्साही लोगों को जाता है। यहाँ पर मंदिर तो है ही, एक झरना भी है, जो लुभाता है। यहाँ पर दो दर्जन गाँवों के

लोगों के द्वारा पुराने स्मारकों का जीर्णोद्धार भी करा दिया गया है और यज्ञशाला, माई का मंदिर, कलात्मक सीढ़ियाँ, सेतु मार्ग, शिव मंदिर व सूर्य मंदिर का नव-निर्माण भी करा दिया गया है।

सात बहनों वाली देवी के नाम पर इस स्थल का नाम सतबहिनी पड़ा। कहा जाता है कि सात बहनें यहीं पर सती हुई थीं। इस स्थल पर उनकी रखवाली एक शेर व एक कुत्ता करता है। लगभग तीन सौ साल पहले माँ का आदेश पाकर यहाँ बाबा श्यामदास आए और उन्होंने कड़ी तपस्या की, जिसे देखते हुए कुछ चरवाहों ने उन्हें दूध पिलाया और स्थानीय लोगों ने उनके लिए एक कुटिया का निर्माण करवाया। उसी कुटिया से जुड़ा प्राचीन मंदिर या महल गुफा पहाड़ के नीचे दबा है। यहाँ 2500 फीट में सुर्खी-चूने से बनी लंबी-चौड़ी छत भी दिखाई पड़ती है। इस टीले में सात मंजिली रहस्यमयी साधना सह समाधि गुफा है। इसकी दो मंजिलें खुली हुई हैं। पाँच मंजिलों को किसी संत ने बहुत पहले ही बंद कर दिया है। बाद में बाबा ने इसी गुफा में समाधि ली।

यह स्थल साधना स्थली के रूप में विख्यात है। यहाँ पर प. बंगाल, बिहार, ओडिशा, राजस्थान, छत्तीसगढ़, उत्तर प्रदेश, मध्य प्रदेश से श्रद्धालु आते हैं। यहाँ बैशाख, कार्तिक, माघ पूर्णिमा, मकर संक्रांति व शिवरात्रि पर मेलों का आयोजन होता है। मकर संक्रांति के तीन दिन के मेले व माघ पूर्णिमा के 11 दिन के मेले में यहाँ लाखों श्रद्धालु आते हैं। यहाँ पर आदर्श विवाह का भी आयोजन होता है। छठ के मौके पर यहाँ सूर्य मंदिर में पूजा की जाती है और भगवान् सूर्य को अर्घ्य दिया जाता है।

घिरका मेला

गढ़वा के भंडरिया प्रखंड के कंजिया बाजार में हर साल घिरका मेले का आयोजन दिसंबर में किया जाता है। प्रखंड के आदिवासी समुदाय के लोग अपनी संस्कृति और पहनावे के साथ मेले में बढ़-चढ़कर हिस्सा

लेते हैं। वे अपनी वेश-भूषा के साथ मेले में शामिल होते हैं। आदिवासी महिला-पुरुष ढोल-नगाड़े के साथ नाचते-गाते यहाँ पर आते हैं। परंपरागत रूप से भूमि-पूजन कर मेले का उद्‌घाटन होता है। मेले में विभिन्न गाँवों के लोग समूह बनाकर अपने-अपने झुंड में झंडे के साथ आते हैं, जहाँ सभी झंडों का मिलान घिरका मेला में किया जाता है। मेले में आसपास के गाँवों में भंडरिया, नौका, जनीखांड़, बिंदा, नगनाहा, मरदा आदि के बैगा और पाहन भी शामिल होते हैं।

संगम तट का मेला

लातेहार जिले के बरवाडीह प्रखंड के केचकी-औरंगा-कोयल नदी संगम तट पर मकर संक्रांति के अवसर पर दो दिवसीय मेला लगता है। मेले में काफी भीड़ होती है। नदियों का संगम एक मनोहारी दृश्य उपस्थित करता है। श्रद्धालु नदी के पावन तट पर पहुँचकर स्नान करते हैं। इसके बाद संगम तट पर स्थित शिव मंदिर में पूजा-अर्चना कर दही, चूड़ा, तिलकुट चढ़ाते हैं। मेले में विधि-व्यवस्था की ज़िम्मेदारी राजा मेदिनीराय स्मृति कमेटी के कार्यकर्ता सँभालते हैं।

हरैया पशु मेला

लातेहार के चंदवा स्थित हरैया में पशु मेले का आयोजन होता है। पशु मेले में दुकानें भी सजती हैं। पशु व्यापारियों के लिए यह मेला काफी लोकप्रिय है। सदियों से लगने वाले इस पशु मेले में राँची, मेदिनीनगर, गया, गढ़वा, बालूमाथ, खलारी समेत राज्य के कई स्थानों से पशु व्यापारी पहुँचते हैं। मेले में प्रतिदिन पशुओं के लाखों रुपए का कारोबार होता है। सरकार को इस मेले से लाखों रुपए के राजस्व की प्राप्ति होती है। मेले में सर्कस, मौत के कुएँ समेत कई प्रकार खेल तमाशे भी आते हैं। हरैया मेला पंचायत समेत आसपास के लोगों के लिए त्योहार जैसा होता है।

केतार मेला

गढ़वा से 65 कि.मी. दूर स्थित केतार के सिद्धपीठ स्थल पर चैत्र मास की नवमी के अवसर पर एक महीने का मेला लगता है। यह मेला भी काफी प्रसिद्ध है और आसपास के गाँवों और पड़ोसी प्रदेशों से भी मेले में लोग आते हैं। काफी दुकानें सजती हैं।

गोरगाँव मेला

गढ़वा के भवनाथपुर में गोरगाँवा गुफा है, जहाँ शिवरात्रि के अवसर पर मेला लगता है। एक दिन के मेले में काफी शिव भक्त यहाँ आते हैं, जल चढ़ाते हैं और मेले का आनंद लेते हैं।

बंडा मेला

गढ़वा से तीन कि.मी. दूर स्थित पहाड़ की चोटी पर बंडा बाबा की तपस्थली है। यहाँ रथयात्रा के दिन मेला लगता है। यह धार्मिक मेला है, लेकिन सभी समुदायों के लोग इसमें भाग लेते हैं।

□

संथाल परगना के मेले

(देवघर, गोड्डा, पाकुड़, दुमका, जामताड़ा, साहिबगंज।)

संघर्ष से जन्म

संथाल परगना झारखंड का बहुत प्राचीन जिला नहीं है। अंग्रेजों ने अपनी सुविधा और लाचारी के कारण इसका गठन किया। संथाल हूल के बाद संथाल परगना अस्तित्व में आया। इसके पहले यह इलाका 'जंगलतरी' के नाम से जाना जाता था। यह आदिवासीबहुल इलाका है। संथाल मुंडा गोत्र की एक जाति है, जिसे इस क्षेत्र में यहाँ की प्राचीन पहाड़िया जाति के विद्रोह को शांत करने के लिए अंग्रेजों ने बसाया था। वीरभूम, सिंहभूम, मानभूम व बाँकुड़ा आदि क्षेत्रों से संथालों को यहाँ सन् 1790 के आसपास लाया गया। कोई नहीं जानता था कि आगे चलकर यह इलाका ही संथाल परगना के नाम से मशहूर हो जाएगा। इतिहासकार बताते हैं कि सन् 1815 से 1830 के बीच बड़ी संख्या में संथाल यहाँ आए। सन् 1818 में गोड्डा क्षेत्र में उनके अनेक गाँव बसे। सन् 1836 में दामिन-ए-कोह में संथाल गाँवों की संख्या 427 हो गई। यहाँ पहले से रह रही पहाड़िया जनजाति ने इनका विरोध नहीं किया। हालाँकि आगे चलकर दोनों में लड़ाई भी हुई और फिर समझौते भी हुए।

संथालों की आबादी बढ़ने लगी। उन्होंने धीरे-धीरे जंगलों को काटकर खेत बनाए और खेती करने लगे। उन दिनों पहाड़िया से मात खाए अंग्रेज

उनसे मालगुजारी नहीं लेते थे, पर संथाल लोगों से मालगुजारी जहाँ सन् 1836–37 में 2622 रुपए थी, वहाँ 1854–55 ई. में बढ़कर 58,033 रुपए की हो गई। उन्हीं दिनों राजमहल क्षेत्र में रेलवे लाइन बिछाने का काम जोरों से शुरू हुआ, जिसमें संथाल मजदूरों को भारी संख्या में काम पर लगाया गया। काम के दौरान ब्रिटिश रेलवे अधिकारी और कार्यकर्ता उन संथाल मजदूरों पर अत्याचार करने लगे। कुछ सूदखोर महाजन और जमींदार भी उन गोरे साहबों से मिले थे। इसलिए संथाल किसान–मजदूरों पर हो रहे जुल्म में वे भी शामिल थे।

जब उनका जुल्म और अत्याचार बढ़ने लगा तो उन किसान–मजदूरों के भीतर विद्रोह पनपने लगा। परिणामतः साहबगंज अंतर्गत भोगनाडीह गाँव के सिदो–कान्हू और चाँद-भैरव नामक चार भाइयों के नेतृत्व में कंपनी सरकार के विरुद्ध सन् 1855 में क्रांति का बिगुल फूँक दिया, जिसे हम संथाल हूल कहते हैं। इस विद्रोह में कंपनी सरकार के ब्रिटिश पदाधिकारी ही नहीं, उसके समर्थक जमींदारों और सूदखोर महाजनों की भी धज्जियाँ उड़ गईं। तब 'संथाल हूल' नामक उस जन क्रांति के बाद ब्रिटिश सरकार ने 1855 ई. के अधिनियम 37 के तहत दामिन–ई–कोह तथा भागलपुर और वीरभूम जिले के कुछ भागों को लेकर संथाल परगना नामक एक नए जिले का गठन कर दिया, जिसका मुख्यालय दुमका बनाया गया।

लंबे समय के बाद 1983 ई. में संथाल परगना को प्रमंडल का दरजा मिला, जिसके अधीन आज दुमका, देवघर, साहबगंज, गोड्डा, पाकुड़ और जामताड़ा नामक कुल छह जिले आते हैं। आदिवासियों की सुरक्षा के नाम पर किया गया नन–रेगुलेटेड एरिया संबंधी अधिनियम अब भी यहाँ लागू है, जिसके प्रावधानों के अनुसार, इस संभाग के खास–खास क्षेत्रों में जमीन का हस्तांतरण पूर्णतः वर्जित है।

प्रशासनिक दृष्टि से देखें तो 1 जून, 1986 को संथाल परगना जिले से काटकर देवघर को जिला बनाया। देवघर में बैजनाथधाम, बासुकीनाथ,

त्रिकूट पर्वत, नौलखा मंदिर, बकुलिया जलप्रपात, रिखिया आश्रम, रामकृष्ण मिशन विद्यापीठ के साथ कई दर्शनीय स्थल भी हैं। इसके पहले देवघर संथाल परगना जिले का एक अनुमंडल था। सन् 1865 में दुमका को जिला बनाया गया था। सन् 1872 में संथाल परगना को मुख्यालय बनाया गया। दुमका जिले के अनुमंडल जामताड़ा को राज्य गठन के बाद जिले का दर्जा दिया गया यानी 26 अप्रैल, 2001 को इसका गठन किया गया। संथाल परगना का एक दूसरा जिला गोड्डा भी सन् 1981 में अलग हुआ। यह भी पहले एक अनुमंडल ही था। यहाँ योगिनी मंदिर और फरक्का बाँध है। साहबगंज जिले का भी गठन 17 मई, 1983 को किया गया। पाकुड़ जिले का गठन भी सन् 1994 में साहबगंज जिले को विभाजित कर किया गया। आठवीं अनुसूची में झारखंड की एकमात्र भाषा संथाली को भी शामिल किया गया है। संथाली भाषा का साहित्य भी काफी समृद्ध है।

देवघर का सावन मेला

बाबा बैजनाथ धाम में लगने वाला सावन मेला कुंभ के बाद देश-दुनिया का दूसरा सबसे बड़ा मेला है। सावन के महीने में बिहार के सुल्तानगंज से लेकर झारखंड के देवघर तक 120 कि.मी. का काँवर पथ गुलजार रहता है। यहाँ के बाबा बैजनाथ मनोकामना लिंग के रूप में प्रसिद्ध हैं। इनके दरबार में जो भी सच्चे हृदय से कामना लेकर आता है, उसकी मनोकामना पूर्ण होती है। यही कारण है कि यहाँ हर साल देश-विदेश से लाखों श्रद्धालु आते हैं। सावन में श्रद्धालुओं की संख्या 50 लाख तक पहुँच जाती है। त्रेता युग में भगवान् राम ने सावन के महीने में ही बिहार स्थित सुल्तानगंज से गंगाजल काँवर में भरकर बाबा बैजनाथ को अर्पित किया था। सावन में ही समुद्र मंथन हुआ था और मंथन के दौरान निकले विष का पानकर शंकर नीलकंठ कहलाए। विष के प्रभाव को कम करने के लिए ही शिव ने अपने माथे पर अर्धचंद्र धारण किया। इतना ही नहीं, सभी देवता

शिव पर गंगाजल डालने लगे और तभी से सावन महीने में शिव भक्तों द्वारा शिवलिंग पर गंगाजल अर्पित करने की परंपरा शुरू हुई। सावन के महीने में बाबा का दरबार काफी सुहाना हो जाता है। सुल्तानगंज से बाबाधाम की 105 कि.मी. की काँवर यात्रा काफी कठिन है।

सुल्तानगंज में गंगा की गोद में एक पहाड़ी पर अजगैबीनाथ (शिव) का मंदिर है। किंवदंती है कि उसी पहाड़ी पर जह्नु ऋषि का आश्रम था। भागीरथ के रथ के पीछे दौड़ती-गंगा पहले-पहल जब सुल्तानगंज पहुँची, तब वह उस पहाड़ी पर स्थित जह्नु ऋषि के आश्रम को बहाकर ले जाने पर तुल गई, जिससे जह्नु ऋषि गुस्सा हो गए और चुल्लू में उठाकर गंगा को पी गए। भागीरथ ने अपने उद्देश्य की पूर्ति में इस दशा को देखकर जह्नु ऋषि की अनेक विधियों से स्तुति और प्रार्थना की। फलतः जह्नु ऋषि ने अपनी जाँघ से बाहर निकाल दिया। नारदीय पुराण में इस कथन से सुल्तानगंज की यह गंगा काशी की गंगा की तरह पुण्यमयी बन गई।

यही कारण है कि प्रतिवर्ष लाखों लोग उस कलशतीर्थ से ही कलश में गंगा जल भरकर काँवर पर ढोते हुए, दुरूह रास्ते से पैदल चलकर

बैजनाथधाम जाते हैं और वहाँ शिव पर गंगा जल चढ़ाकर अक्षय पुण्य लूटते हैं। रावणेश्वर महादेव के बारे में पद्मपुराण के पंचम अध्याय में स्वयं ब्रह्माजी ने कहा है कि अन्य स्थलों पर किए गए पापों का क्षय गंगा के पवित्र जल में स्नान करने से होता है। तीर्थों में किए गए पापों का क्षय काशी में होता है और काशी में किए गए पापों का क्षय बैजनाथ के दर्शन से होता है।

ऊबड़-खाबड़ और वीरान जंगलों-पहाड़ों से होते हुए, पैदल काँवर लिए बाबा के भक्त बैजनाथ धाम आते हैं और कामना लिंग पर गंगा का पवित्र जल चढ़ाते हैं। जल चढ़ाने का यह क्रम महीने भर तक चलता है। बैजनाथधाम आनेवाले शिवभक्त केसरिया रंग में रँगे होते हैं तथा कंधे पर अपनी सामर्थ्य के अनुसार काँवर लिए रहते हैं। यह दृश्य अपने आपमें रोमांचित करनेवाला होता है। जिधर नजर उठाएँ, आपको शिवभक्त केसरिया रंग में ही रँगे मिलेंगे। चाहे वह बूढ़ा हो या जवान या फिर बच्चा या महिला। विश्व का कोई ऐसा मेला नहीं है, जहाँ एक ही रंग के वस्त्र पहनकर लोग आते हों। केसरिया रंग सौभाग्य, एकता और प्रेम का प्रतीक है।

चार प्रकार के होते हैं काँवरिए : काँवरिए मुख्य रूप से चार

प्रकार के होते हैं।

साधारण बम काँवरः पहली साधारण बम काँवर, जो अपने घर से किसी वाहन से भागलपुर जिले के सुल्तानगंज पहुँचती है। वहाँ नियमपूर्वक स्नान एवं पूजा-पाठ कर काँवरिए गंगा का पवित्र-जल भरते और रास्ते में रुकते, उठते, बैठते, सोते, खाते-पीते चार-पाँच दिनों में बाबाधाम पहुँचते हैं और उन पर गंगा-जल चढ़ाते हैं। इस मेले में सबसे बड़ी संख्या साधारण काँवरियों की होती है, जिनकी संख्या प्रतिदिन करीब 50-60 हजार तक होती है। सोमवार को ऐसे श्रद्धालुओं की संख्या एक लाख पार कर जाती है।

डाक बम काँवरः दूसरे काँवरिए वे होते हैं, जो डाक-बम के नाम से जाने जाते हैं। डाक काँवरियों की यात्रा भी कम कठिन नहीं है। श्रद्धालु पूर्ववत् सुल्तानगंज पहुँचते हैं और वहाँ नियमपूर्वक स्नान करके काँवर उठाते हैं। सुल्तानगंज से चलने के बाद वे कहीं नहीं रुकते, निरंतर चलते रहते हैं। डाक बम काँवरिए 15-18 घंटे तक लगातार यात्रा कर बाबाधाम पहुँचते हैं और जल चढ़ाने के बाद ही रुकते हैं। इनके लिए दर्शन की अलग व्यवस्था होती है।

खड़ी बम-काँवर : काँवरियों का जो तीसरा रूप है, वह है खड़ी बम-काँवर। खड़ी बम काँवर में भी जल लेकर जाने का प्रचलन है। इसमें काँवरिए तीर्थ-यात्री तो आराम से करते हैं, लेकिन उनकी काँवर को आराम नहीं कराया जाता और इसके लिए भाड़े का आदमी काँवर को अपने कंधे पर लेकर रातभर हिलाता डुलाता रहता है। खड़ी बम काँवर ले जाना बहुत ही कठिन कार्य है। फिर भी, त्रिकालदर्शी विश्वनाथ की असीम कृपा से उनके भक्त खड़ी काँवर ले ही जाते हैं। खड़ी बम काँवर 24 घंटे से 36 घंटे में सुल्तानगंज से बाबाधाम पहुँचती हैं और काँवरिए बाबा के कामना लिंग पर जल चढ़ाते हैं।

डंडी-काँवरिया : चौथा रूप डंडी-काँवरियों का होता है, जो 105

किलोमीटर की यात्रा दंडवत् करते हुए करीब 20-23 दिनों में पूरी करते हैं। काँवर ले जाने वाले काँवरियों को कुछ आवश्यक नियमों का पालन बड़ी कड़ाई से करना पड़ता है, जैसे—काँवर से काँवर न टकराए, सोकर उठने पर स्नान के उपरांत ही काँवर को स्पर्श करें, किसी काँवरिए को बाएँ छोड़कर आगे न बढ़ें, आदि।

काँवरिए पवित्र गंगा जल लेकर सबसे पहले बाबा के मंदिर के सिंहद्वार पर पहुँचते हैं। उसके बाद वे चंद्रकूप को छूते हुए मंदिर के प्रांगण में प्रवेश करते हैं। इसके बाद वे मंदिर के चारों ओर परिक्रमा करते हैं। परिक्रमा में कुल बाइस मंदिर हैं— पार्वती मंदिर, जगतजननी मंदिर, गणेश मंदिर, संध्या मंदिर, काल भैरव मंदिर, हनुमान मंदिर, मनसा मंदिर, सरस्वती मंदिर, सूर्य मंदिर, माँ बगला, राम लक्ष्मण, जानकी आदि। बाबा बैजनाथ के मंदिर के गुंबद पर सोने के कलश, ध्वजा और पंचशूल चमकते रहते हैं। यहाँ से पार्वती मंदिर तक लाल कपड़े के पाग बँधे हुए हमेशा झूलते रहते हैं।

मंदिर का पट खुलने पर भक्तगण जल चढ़ाते हैं। भीतरी भाग में, बाबा का दिव्य प्रस्तरयुक्त ज्योर्तिलिंग है। लिंग के चारों ओर चाँदी मढ़ी है। इस मंदिर के एक कोने में अखंड यानी कभी नहीं बुझने वाला दीप प्रकाशमान रहता है। यात्रा पथ गुलजार रहता है। पूरे पथ में धर्मशालाएँ भी हैं। सावन में कई स्वयंसेवी संगठन काँवरियों की सेवा करते हैं। डाक बम काँवरियों के पैरों पर गरम पानी डालते जाते हैं। इसी तरह कई संगठन भी सेवा में लगे रहते हैं। दवा से लेकर हर चीज भक्तों के लिए सुलभ होती है। मेले में सांस्कृतिक कार्यक्रम भी होते हैं। कला-संस्कृति विभाग की ओर से भी पूरे महीने सांस्कृतिक कार्यक्रम होते हैं। बाहर से भी कलाकार बुलाए जाते हैं। वहीं स्थानीय संगठन भी इस तरह के आयोजन काँवरियों के लिए करते हैं।

देवघर का पेड़ा बड़ा मशहूर है। प्रसाद के रूप में यह चढ़ाया जाता

है। इसकी दुकानें काफी लगती हैं। उसी तरह अन्य चीजों की दुकानें, खाने-पीने, खादी-कपड़े की दुकानें भी लगती हैं।

तपोवन मेला

देवघर जिले के तपोवन पहाड़ पर मकर संक्रांति के अवसर पर दो दिन का मेला लगता है। तपोवन बालानंद ब्रह्मचारी की तपोभूमि मानी जाती है। मेले में सभी जाति-समुदाय की भागीदारी होती है। विभिन्न प्रकार की दुकानें लगती हैं। लोग पूजा-अर्चना के बाद मेले का आनंद लेते हैं।

बुढ़ई मेला

देवघर जिले के बुढ़ई-देवीपुर में नवंबर के महीने में एक दिन का मेला लगता है। नवान्न के दिन पहाड़ी गुफा के दुर्गा मंदिर में लोग पूजा-अर्चना करते हैं। इस अवसर पर ही इसका आयोजन होता है, जहाँ दूर-दूर से ग्रामीण आते हैं। तरह-तरह के खेल-तमाशों का आनंद लेते हैं, झूले पर चढ़ते हैं और अनेक तरह की मिठाइयों का स्वाद लेते हैं।

पथरोड़ मेला

देवघर जिले के देवघर-गिरिडीह मार्ग पर स्थित मधुपुर के निकट पथरोड़ नामक स्थान पर इस मेले का आयोजन होता है। मेले का स्वरूप धार्मिक है, क्योंकि काली पूजा पर हर साल इसका आयोजन होता है। दीवाली के मौके पर करीब एक सप्ताह तक यह मेला लगता है।

भुभुकदहा मेला

जिले के द्वारपहरी-मधुपुर में मकर संक्रांति पर दो दिन का मेला लगता है। यहाँ भी गरम कुंड है। हालाँकि इस कुंड की विशेषता यह है कि ठंडे मौसम में गरम और गरमी के मौसम में ठंडा रहता है। यहाँ लोग

पत्थर और पानी की पूजा करते हैं। खेल, तमाशे और जतरा का आयोजन होता है। संथाली संस्कृति देख सकते हैं।

दोमुहान मेला

देवघर जिले के सारठ प्रखंड के दोधान में मकर संक्रांति पर दो दिन का मेला लगता है। मेले की विशेषता यह है कि अजय और पतरो नदी के संगम पर यह मेला लगता है। मकर संक्रांति के अवसर पर लगने वाले इस मेले में आसपास के गाँवों के हजारों लोग जुटते हैं। खाने-पीने से लेकर अन्य जरूरी सामान भी संगम स्थल पर मिलता है।

हिजला मेला

संथाल परगने का यह मेला काफी लोकप्रिय है। यह दुमका के नजदीक हिजला पहाड़ी की तलहटी और मयूराक्षी नदी के किनारे लगता है। इस कारण इसे हिजला मेला कहते हैं। 'हिजला' शब्द 'हिजलोपाइट' नामक खनिज का संक्षिप्त नाम है। यह खनिज यहाँ की पहाड़ियों में प्रचुर मात्रा में पाया जाता है। हर साल लगने वाला यह जनजातीय मेला रमणीय स्थल एवं प्राकृतिक सुषमा के कारण लोगों को अपनी ओर आकर्षित करने में कामयाब होता है। पास ही संथालों का हिजला नामक गाँव बसा हुआ है। उसी गाँव के नाम से यह मेला विख्यात है।

हालाँकि इस मेले को लेकर एक दूसरी भी अवधारणा है। झारखंड में जब ब्रिटिश सरकार का शासन था, तब लोग ब्रिटिश सरकार की गुलामी करने पर मजबूर थे। उस समय अंग्रेजों का कानून मानना पड़ता था। आज जहाँ पर हिजला मेले का आयोजन हो रहा है, उस समय वहाँ पर ब्रिटिश गवर्नर जनरल संथाल-परगना के समस्त मुखियागणों को बुला करके आदिम जातियों की कानूनी उलझनों पर विचार करते थे। तत्कालीन ब्रिटिश शासक इसे हिज-लॉ अर्थात् 'उसका कानून' से संबोधित करते थे। उस समय

संथाल-परगना के समस्त मुखियागणों का यहाँ जमावड़ा होता था, साथ ही यहाँ बहुत भीड़ भी जमा हो जाती थी, जिससे यह हिज-लॉ अर्थात् 'उसका कानून' वाला दिन मेले की तरह लगता था। आदिवासी लोग अपने बोलने के तरीके से 'हिज-लॉ' को 'हिजला' कहते थे। इस प्रकार यह हिज-लॉ अर्थात् 'उसका कानून' से 'हिजला' हो गया और बाद में हिजला मेला में तब्दील हो गया।

इस मेले के साथ यह विश्वास भी जुड़ गया है कि जो भी मंत्री या विधायक इस मेले का उद्घाटन करेगा, वह सत्ता से बेदखल हो जाएगा। इस डर से कोई नेता इसका उद्घाटन नहीं करता। सन् 1985 में बिहार के तत्कालीन मुख्यमंत्री बिंदेश्वरी दुबे ने इस मेले का बड़े ही तामझाम के साथ उद्घाटन किया था और कुछ दिनों के बाद ही उनकी सरकार गिर गई थी। तभी से इस मेले के साथ यह कहानी भी जुड़ गई और तभी से इस मेले का उद्घाटन करने में मंत्रियों व जनप्रतिनिधियों के अलावा अधिकारियों के भी हाथ काँपने लगते हैं। झारखंड बनने के बाद भी इस मेले के उद्घाटन का दायित्व हिजला गाँव के प्रधान को ही सँभालना पड़ता है। किसी भी मुख्यमंत्री या मंत्री ने इस जनजातीय बाहुल्य मेले का उद्घाटन करने का अब तक बीड़ा नहीं उठाया है।

मेला हर साल फरवरी या मार्च के महीने में स्थानीय हाट के दिन सोमवार या शुक्रवार से प्रारंभ होता है। यह एक सप्ताह तक चलता है। बसंत ऋतु की आहट के साथ मेला शुरू होता है। मेला संथाल परगना के सांस्कृतिक जीवन का अभिन्न अंग है। कहा जाता है कि पुराने जमाने में मयूराक्षी के तट पर आदिवासी तीरंदाजों का जमघट लगता था। कुश्ती की प्रतियोगिता होती थी। नदी के निर्मल जल प्रवाह के साथ नृत्य-गीत एवं संगीत की सरिता बहती थी।

हिजला मेला संथाल परगना का एक मात्र ऐसा मेला है, जहाँ सामाजिक समरसता, संथाली संस्कृति, धार्मिक सद्भावना, माँझी थान पूजा, नृत्य-

संगीत, लोक-कला, चित्रकला, शिल्प कला, परंपरागत खेलकूद व कृषि के तरीकों एवं आदिम जनजातियों के परंपरागत रीति-रिवाजों को बड़ी ही सहजता से देखा जा सकता है। साथ ही अन्य मेलों की तरह इसमें भी लोग रंग-बिरंगे-झूले, खिलौने, गुब्बारे, तारामाछी, कटघोड़वा, जादू एवं चिड़ियाघर आदि का मजा लेते हैं। यहाँ पर वृक्ष के एक हिस्से का जीवाश्म भी मौजूद है।

मेले के इतिहास के अनुसार, सन् 1890 में संथाल परगना के उपायुक्त आर कार्सटेयर्स ने इस मेले को संगठित रूप दिया। कार्सटेयर्स सन् 1885 से लेकर सन् 1898 तक संथाल परगना के डीसी थे। यहाँ रहते हुए उन्होंने हाड़मा विलेज नामक दस्तावेजी उपन्यास भी लिखा, जिसमें सन् 1855 के हूल की कहानी कही गई है। इन्हीं महोदय ने मेले को संगठित और भव्य रूप प्रदान किया। कार्सटेयर्स ने संथाल परगना के आदिवासियों से सीधा संपर्क कर इस मेले को भव्य रूप प्रदान किया। बाद में डीसी मैकफरसन ने भी इसे जारी रखा और इस मेले के साथ खेती और बागवानी से संबंधित प्रदर्शनी भी लगवानी शुरू की। हिजला मेला की आयोजन समिति का एक लिखित संविधान है, जो मेले के उद्‌देश्य और व्यवस्था सहित उसकी विशेषताओं को रेखांकित करता है। अब सरकार भी इस मेले में अपनी भागीदारी करती है।

हिजला मेले में पुस्तक मेला, कृषि व स्वास्थ्य विभाग सहित कई सरकारी व गैर-सरकारी संस्थानों द्वारा प्रदर्शनी भी लगाई जाती है। मनोरंजन के लिए कई खेल-तमाशों की व्यवस्था रहती है। मेले में प्रतिदिन खेलकूद व सांस्कृतिक कार्यक्रमों का भी आयोजन होता है। अब सन् 2008 से मेले को महोत्सव के रूप में मनाया जाने लगा है। इसमें सरकार की भी भागीदारी रहती है। मेले में किसानों की भागीदारी खूब होती है। कृषि विभाग की प्रदर्शनी में श्री विधि से गेहूँ की खेती करने के तरीके के अलावा राष्ट्रीय सूक्ष्म सिंचाई मिशन के तहत किसानों को ड्रिप एवं स्प्रिंकल सिंचाई सिस्टम

की जानकारी दी जाती है। क्षेत्रीय बीज परीक्षण प्रयोगशाला, क्षेत्रीय अनुसंधान केंद्र, कृषि नवोन्मेषी योजना के माध्यम से धान, मक्का, घंघरा, मटर, सोयाबीन बीज एवं प्रभेदों की जानकारी किसानों को दी जाती है।

नुनबिल मेला

संथाल परगना के दुमका जिले से करीब 25 कि.मी. दूर केंद्रघाटा नामक गाँव के नजदीक नुनबिल नदी के किनारे हर साल मकर संक्रांति के मौके पर एक सप्ताह का यह मेला लगता है। इसे नुनबिल मेला कहते हैं। यह पहाड़िया जनजाति का एक प्रमुख मेला है। पहाड़िया कभी राजा थे, आज रंक हो गए, लेकिन यह मेला आज भी जीवित है। इसमें सभी वर्ग के लोग भाग लेते हैं। मेले की शुरुआत कब हुई, इसके बारे में कोई आधिकारिक जानकारी नहीं है, पर स्थानीय मान्यताओं पर विश्वास करें तो सन् 1900 से काफी पहले इसकी शुरुआत हो चुकी थी। नुनबिल मेले का महत्त्व इस दृष्टि से भी महत्त्वपूर्ण है कि संथाल जनजाति के सबसे बड़े त्योहार सोहराय के समापन के बाद यह मेला प्रारंभ होता है।

नुनबिल मेले में सुदूर गाँव-देहात से लोग मेला देखने पहुँचते हैं। नुनबिल नदी के गरम कुंड में स्नान करते हैं और नदी के किनारे नुनबूढ़ी देवी के पिंड पर नमक और बतासा चढ़ाकर पूजा करते हैं। बताया जाता है कि यहाँ के प्रथम पुजारी फेकू पुजहर थे। उसके बाद क्रमशः उनके वंशज लखन, सुजन, काली तथा उसके बाद पुजहर पुजारी बने।

सात तोला माराङ बुरु धोरोमगढ़ मेला

यह स्थान संथाल परगना प्रमंडल के दुमका जिले के मसालिया झुंझको गाँव में पड़ता है। इस मेले की उत्पति से संबंधित कथा संथाली लोककथाओं में मिलती है, जिनमें कहा जाता है कि जब संथाल परगना क्षेत्र में अंग्रेज आए तो ब्रिटिश साम्राज्य की दमनकारी नीतियों और आतंक

के खिलाफ संथालों ने दिसोम की आजादी के लिए युद्ध किया। चुनू मुर्मू के चार वीर सपूत सिदो, कान्हू, चाँद, भैरव और दो पुत्रियाँ फूलो एवं झानो ने संथाल हूल का नेतृत्व किया था। कहते हैं, संथाल हूल के समय में अनेक बार सात तोला माराङ बुरु के देवी-देवताओं ने अंग्रेजी सेना से सिदो-कान्हू की रक्षा की थी। इसी की याद में वर्ष में दो बार इस स्थान पर 24 गाँव (मौजा) के लोगों द्वारा पूजा-पाठ एवं मेले का आयोजन किया जाता है।

इसी तरह पारसनाथ पर्वत पर 'माराङ बुरु जुग जाहेर दिसोम बाहा', पुरुलिया जिला स्थित 'ठाकुर टाँडी छाता', दुमका का विश्वप्रसिद्ध 'हिजला मेला' और झाड़ग्राम (प.बं.) स्थित 'पाटा बिंधा' स्थानीय पर्व-त्योहार हैं, जिनसे जुड़े आख्यान नितांत स्थानीय हैं। इन स्थानों पर लगने वाले मेलों और धार्मिक आयोजनों के साथ कोई-न-कोई स्थानीय आख्यान जुड़ा हुआ है।

सुकजोरा मेला

सुकजोरा मेला दो दिन का लगता है। दुमका जिले के नोनीहाट-जरमुंखी प्रखंड में हर साल नागपंचमी के दिन यह मेला लगता है। यहाँ नाग मंदिर में हजारों की संख्या में श्रद्धालु आते हैं और नाग देवता की पूजा-अर्चना करते हैं। इस मौके पर ही यहाँ दो दिनों का मेला लगता है, जिसमें आसपास के 45-50 गाँवों के लोग आते हैं और अपनी जरूरत का सामान खरीदते हैं। मेले में बच्चों के लिए भी झूले से लेकर अन्य मनोरंजन के साधन उपलब्ध होते हैं।

माघी पूर्णिमा मेला

साहबगंज जिले के राजमहल को झारखंड का प्रवेश द्वार कहा जाता है। राजमहल से पतित पावनी गंगा गुजरती है। इसी तट पर आदिवासियों

का महाकुंभ माघी यानी पूर्णमासी मेला लगता है। यह मेला स्वतःस्फूर्त लगता है। बंगाल के तत्कालीन नाजिम राजा मानसिंह द्वारा 7 नवंबर, 1595 को यह मेला प्रारंभ किया गया। तब से मेले में श्रद्धालुओं की संख्या निरंतर बढ़ती गई। यहाँ पर झारखंड ही नहीं, बिहार के बाँका, पूर्णिया, भागलपुर, सुपौल आदि से भी लोग आते हैं। पड़ोसी राज्य प. बंगाल के वीरभूम, मालदा, मुर्शिदाबाद आदि इलाकों से भी लोग आते हैं। नेपाल के काठमांडू एवं विराटनगर इलाके के आदिवासी अपने रिश्तेदारों के साथ यहाँ पहुँचते हैं।

सनातनी परंपरा के अनुसार सफाहोड़ आदिवासी गंगा स्नानकर कँपकँपाती ठंड में भी गंगा में घंटों कतारबद्ध खड़े रहकर पूजा करते हैं। इसके बाद वे अपने-अपने पंडालों में पहुँचकर त्रिशूल एवं तुलसी का पौधा रखकर पूजा-अर्चना करते हैं। मूलतः ये शिव भक्त हैं। यहाँ पर आदिवासियों की प्राचीन परंपरा देखने को मिलती है। इनके अलावा हिंदू धर्मगुरु भी यहाँ अपने भक्तों के साथ पहुँचते हैं। इस मेले का जिक्र इतिहास की कई किताबों में मिलता है। यहाँ पर संथाल आदिवासी भी सैकड़ों सालों से आते हैं। गंगा स्नान करते हैं। पहाड़िया समुदाय भी माघी मेले में आता है।

सप्ताहव्यापी मेला अब राजकीय मेला हो गया है। गंगा किनारे लगने वाले इस मेले में लाखों लोग पहुँचते हैं। राज्य के वीआईपी, नेता भी मेले में भाग लेने से चूकते नहीं। इसे अब राजकीय दरजा हासिल हो चुका है। झारखंड के लगने वाले विशाल मेलों में यह एक है।

राजमहल की ऐतिहासिकता सर्वविदित है। यह एक प्रसिद्ध व्यापारिक एवं सांस्कृतिक केंद्र था। इसे मुगलकाल में दो बार बंगाल की राजधानी रहने का गौरव हासिल है। बंगाल के तत्कालीन गवर्नर मानसिंह के समय निर्मित 'संगी दलान' अंग्रेजों द्वारा निर्मित 'नीलकोठी' या 'बारहद्वारी' आज भी मौजूद हैं। सात किलोमीटर दूर मंगलहाट में मुगलकालीन भव्य 'जामी

मसजिद' है। वहाँ से भी पाँच किलोमीटर दूर 'कन्हाई नाट्यशाला' (बोलचाल में 'कन्हैया स्थान'), जहाँ अपनी रूठी राधा को मनाने के लिए कृष्ण ने नृत्य किया था। बाद में चैतन्य महाप्रभु ने यहाँ प्रवास किया।

सफाहोड़ आदिवासी : आदिवासियों में कई ऐसे हैं, जो अन्य आदिवासियों से अलग हैं। इनकी पूजा, विश्वास, आस्था भी कुछ भिन्न है। सफाहोड़ संथाल आदिवासी गोड्डा के सुंदरपहाड़ी, चांइन कटोरिया, साहबगंज के तीन पहाड़, राजमहल, धनबाद, गिरिडीह आदि क्षेत्रों में रहते हैं। ये शिव की ही नहीं, भगवान् राम आदि की भी पूजा करते हैं। ये मांस-मदिरा से दूर रहते हैं। लहसुन-प्याज तक का सेवन नहीं करते। सादा जीवन व्यतीत करते हैं। सफेद लिबास पहनते हैं; जैसे— छोटानागपुर में टाना भगत और बिरसाइत धर्म को मानने वाले भी सादा जीवन व्यतीत करते हैं और मांस-मदिरा से दूर रहते हैं, वैसे ही सफाहोड़ संथाल आदिवासी भी।

शिवगादी मेला

साहबगंज के तालझारी प्रखंड में स्थित है आस्था-स्थल शिवगादी। कहा जाता है शिवगादी में साक्षात् बाबा बैद्यनाथ दूसरे रूपों में निवास करते हैं, जिसे लोग महादेव गाजेश्वरनाथ के नाम से भी जानते हैं। यहाँ शिवरात्रि पर पाँच दिनों का मेला लगता है।

जनश्रुति है कि जिसने यहाँ का एक बार भी दर्शन किया, वह धन्य-धन्य हो जाता है। हिंदू धर्मावलंबियों के लिए शिवगादी किसी तीर्थस्थान से कम नहीं। वैसे तो प्रतिदिन भक्तों की यहाँ लंबी कतार लगती है, लेकिन सावन के महीने में शिवभक्तों का मेला लग जाता है। शिवगादी पहाड़ की गुहा में गेरुवा रंग शिवलिंग में विराजमान महादेव भक्तों की सारी मनोकामनाएँ पूरी करते हैं। शर्त यही कि आत्मा स्वच्छ व मनोकामना पूरे विश्व के कल्याण की हो।

प्राचीन धर्मग्रंथों, ऐतिहासिक दस्तावेजों व लोक कथाओं के अनुसार

गजासुर नामक दैत्यराज शिवगादी से ही संबद्ध था। शिवपुराण में भी दैत्यराज गजासुर की चर्चा काफी अहम मानी जाती है। धर्मग्रंथों के अनुसार दैत्यराज गजासुर प्रसिद्ध बलशाली राजा महिषासुर का सुयोग्य पुत्र था। महिषासुर के इस सुयोग्य पुत्र ने हजारों वर्ष तक अंगूठे के बल पर उग्र तपस्या कर पूरे ब्रह्मांड में जहाँ एक ओर अपनी भक्ति व शक्ति की धाक जमा रखी थी, वहीं देवलोक के देवी-देवताओं के बीच उसकी मौजूदगी से त्राहि-त्राहि मची हुई थी।

दैत्यराज गजासुर के भय और आतंक से मची हाहाकार की स्थिति में देवताओं ने अंततः भगवान् शंकर की शरण ली। देवताओं ने भोलेनाथ के समक्ष अपने आने का प्रयोजन बतलाया तथा समस्या के समाधान की दिशा में त्रिकालदर्शी भोलेनाथ का आशीर्वाद चाहा। देवताओं की करुण पुकार सुनकर भगवान् शंकर ने गजासुर का वध कर दिया। दैत्य होने पर भी गजासुर भगवान् शंकर का अनन्य भक्त था और मृत्यु की कोख में जाते समय भी भगवान् शंकर की ही स्तुति में लीन था। भगवान् शंकर गजासुर की इस भक्ति से काफी प्रसन्न हुए। भगवान् शंकर ने गजासुर के देहावशेष को भक्तों की आराधना के लिए छोड़ दिया। शिवगादी नामक स्थान पर स्थापित महादेव उसके बाद गाजेश्वरनाथ के नाम से प्रसिद्ध हो गए।

शिवगादी पर्वत की गुहा में प्रतिष्ठापित महादेव गाजेश्वरनाथ का प्रथम दर्शन किस भक्त को प्राप्त हुआ होगा, यह तो इतिहास के गर्भ में छिपा है; हाँ, इतना अवश्य है कि वर्ष 1913 में पहली बार इसकी चर्चा आम लोगों की जबान से सुनाई पड़ी। कहा जाता है शिवरात्रि के अवसर पर इस स्थान पर विराट् मेले का आयोजन होता था। इसी मेले में किसी भक्त को एक शिवलिंग दिखाई पड़ा, जिसे वह तीन पहाड़ अंतर्गत दुलियार स्थित अपने गाँव जोंका लेकर चला गया।

एक दिन महादेव ने नैरु ठाकुर नाम के व्यक्ति को पुराने स्थान पर ही ले जाने का स्वप्न दिया। ठाकुर ने सुबह इस बात की चर्चा सार्वजनिक रूप

से लोगों के बीच कर दी। स्वप्न में महादेव द्वारा नैरु ठाकुर से कही गई बात के बाद गोगन ठाकुर, हीरालाल डोकानिया, कालीचरण ठाकुर व महानंद भगत नाम के भक्तों ने दो आदिम जाति पहाड़िया समुदाय के व्यक्तियों को साथ लिया और उक्त स्थान की ओर रवाना हो गए, जहाँ बाबा ने खुद के मौजूद रहने की बात नैरु ठाकुर को बतलाई थी। बाबा तुलसी के पेड़ के नीचे विराजमान थे। रातोरात शिवलिंग को उठाकर बरहेट स्थित शिवगादी पर्वत की गुहा में स्थापित कर दिया गया। प्रतिदिन शिवलिंग की पूजा की बात भी उसके बाद उठने लगी। अंततः गोगन ठाकुर को इसकी जबावदेही सौंपी गई। ठाकुर परिवार को जीवन-यापन के निमित्त बारह बीघा जमीन भी दानस्वरूप दी गई। इन सब बातों की जानकारी होने के बाद दिवाना पहाड़ के प्रधान पहाड़िया ने एक अंग्रेज ऑफिसर, जो अनुमंडल पदाधिकारी के पद पर भी कार्यरत थे, की अदालत में एक मुकदमा दर्ज करा दिया। दो वर्ष तक प्रधान पहाड़िया द्वारा किया गया मुकदमा चलता रहा।

यह भी कहा जाता है कि वर्ष 1939 में खेरुवा के मिस्त्री द्वारा 10 किग्रा. शीशा गलाकर शिवलिंग को स्थापित किया गया था। तत्कालीन बारकोप स्टेट के महाराजा चंदन सिंह ने एक ताम्रपत्र भी पं. नैरु ठाकुर को प्रदान किया था। इतना सबकुछ होने के बाद एक अंग्रेज ऑफिसर ने इसे हिंदुओं का ढकोसला कहकर शिवलिंग पर तीन छड़ी लगाईं और मून स्टोन कहकर उसे गिरा दिया। वह देखना चाहता था कि आखिर सच क्या है? शिवलिंग पर छड़ी लगते ही खून की धारा बहने लगी। लोग भयभीत होकर भगवान् शंकर का नाम जपने लगे और रात-दिन आराधना में लीन रहने लगे, तब जाकर भोले भंडारी का क्रोध समाप्त हुआ। ग्रामीणों के अनुसार, अंग्रेज ऑफिसर द्वारा शिवलिंग पर लगाए गए छड़ी के तीन निशान आज भी मौजूद हैं।

शिवगादी पहाड़ की गुहा में जिस स्थान पर भगवान् भोलेनाथ स्थापित हैं, उस पर बूँद-बूँद जल का टपकना शिवलिंग की स्थापना काल से आज

तक जारी है, जिसका प्रत्यक्ष दर्शन किया जा सकता है। चाहे चिलचिलाती धूप-गरमी का मौसम हो या फिर अतिशय ठंड का चाहे अतिवृष्टि का मौसम हो या फिर अनावृष्टि का; बारहों मास बाबा पर बूँद-बूँद जल का टपकना जारी है। शिवगादी में मंदिर परिसर में एक वट वृक्ष मौजूद है, जिस पर मनोकामनाओं की पोटली बाँधी जाती है। गाजेश्वरधाम मंदिर के प्रवेश द्वार के ऊपर बिल्कुल सीधा उठा पर्वतराज एक विशाल गजराज की तरह प्रतीत होता है। इस पर्वत के आकार को देखने के बाद प्रतीत होता है हजारों वर्ष पूर्व साक्षात् विश्वकर्मा अथवा मयदानवों ने अपनी कुशल कारीगरी का परिचय देते हुए उसे बनाया होगा।

जिस प्रकार लंकापति रावण द्वारा स्थापित शिवलिंग की पूजा वैद्यनाथ महादेव के रूप में की जाती है, ठीक उसी प्रकार दानवराज गजासुर का यह स्थल गाजेश्वर धाम के रूप में विख्यात है, जहाँ भगवान् शंकर अपने भक्तों का कष्ट हरण करते हैं। यह स्थान टूरिज्म के दृष्टिकोण से भी काफी महत्त्वपूर्ण है, क्योंकि एक तो महादेव पर जलाभिषेक के लिए लोगों का आना जारी रहता है; वहीं दूसरी ओर चारों ओर पहाड़ों व जंगलों से आच्छादित इस प्रदेश के सौंदर्यपान के लिए भी पं. बंगाल के विभिन्न जिलों सहित संथाल परगना प्रमंडल के विभिन्न जिलों से भी लोगों का आना-जाना जारी रहता है। शिवरात्रि और सावन में यहाँ काफी भीड़ होती है। इस अवसर पर मेला भी लगता है।

भोगनाडीह में लगता है मेला

साहिबगंज के बरहेट के भोगनाडीह में हर साल 11 अप्रैल एवं 30 जून को को सिदो-कान्हू को याद किया जाता है। इस अवसर पर मेले का भी आयोजन होता है। प्रशासन की भी इसमें भूमिका होती है। आयोजन उसके द्वारा ही किया जाता है। यहाँ लगने वाले मेले में सरकारी विभागों के स्टाल भी लगते हैं।

संथाल हूल क्रांति के जनक अमर शहीद सिदो-कान्हू ने आदिवासी समाज के लोगों को शोषण एवं अत्याचार से मुक्ति दिलाने के लिए संथाल हूल का शंखनाद किया था। सिदो-कान्हू ने अपनी संस्कृति व सम्मान की रक्षा कर संथाल परगना को गौरवान्वित करने का काम किया था। आदिवासी तथा गैर आदिवासियों को अंग्रेज व महाजनों के अत्याचार से आजाद कराने में अहम भूमिका निभाई थी। ब्रिटिश हुकूमत की जंजीरों को तार-तार करनेवाले इन वीर सपूतों की शहादत की याद में हूल दिवस प्रत्येक वर्ष 11 अप्रैल व 30 जून को मनाया जाता है।

बरहेट प्रखंड के भोगनाडीह गाँव में चुनू मुर्मू के घर सिदो का जन्म 1815 ई. और कान्हू का जन्म 1820 ई., भाई चाँद मुर्मू का 1825 ई. एवं भैरव मुर्मू का 1835 ई. में हुआ था। हालाँकि चारों भाइयों की जन्मतिथि पूरी तरह प्रामाणिक नहीं है, फिर भी इन देशभक्तों ने अंग्रेजों के अत्याचार का विरोध करने एवं आजादी का परचम लहराने के लिए 30 जून, 1855 को पंचकठिया बरगद के पेड़ के नीचे संथाल हूल क्रांति का बिगुल फूँका था। आज भी वर्षों पुराने पंचकठिया का ऐतिहासिक बरगद का पेड़ हूल क्रांति के गवाह के रूप में खड़ा है।

कहा जाता है कि संथाल विद्रोह में 30 हजार लोगों ने सिदो-कान्हू के नेतृत्व में क्रांति का शंखनाद किया था। अपनी अदम्य वीरता, अटूट साहस व विश्वास के साथ सिदो कान्हू ने धनुष-बाण के बल पर ब्रिटिश बंदूकों और तोपों को परास्त कर दिया। उनकी शहादत को देखते हुए हर वर्ष 11 अप्रैल एवं 30 जून को विभिन्न सरकारी विभाग मेले में शरीक होते हैं। इन वीर सपूतों को जामताड़ा से सटे बगदाहा गाँव में 3 जनवरी, 1856 को अंग्रेजों ने गिरफ्तार कर भोगनाडीह ले जाकर पंचकठिया में पेड़ से लटकाकर फाँसी दे दी थी। बगदाहा में भी प्रतिवर्ष हूल दिवस के अवसर पर कई कार्यक्रम आयोजित किए जाते हैं और यहाँ उनकी आदमकद प्रतिमा पर माल्यार्पण किया जाता है। यहाँ भी प्रतिवर्ष मेले का आयोजन होता है।

पत्ता सह चड़क मेला

साहबगंज जिले के पतना प्रखंड में शिवा पहाड़ गाँव में जून के महीने में पत्ता सह चड़क मेले का आयोजन किया जाता है। मेले में संथाली ड्रामा, नृत्य प्रतियोगिता, लांगड़े नाच का आयोजन किया जाता है। यह मेला संथाली समुदाय द्वारा लगाया जाता है। यह मेला एक दिन का होता है। इसी तरह उधवा प्रखंड के बनियाडीह में भी एक दिन का कमार जाति द्वारा चड़क मेले का आयोजन किया जाता है। चैत माह में इसका आयोजन होता है।

झंडी मेला

साहबगंज के तालझारी प्रखंड के कल्याणचक्र में दीवाली के दो दिन बाद एक दिवसीय मेले का आयोजन किया जाता है। यहाँ उराँव आदिवासी की भागीदारी खूब होती है। मेले में उराँव जाति एवं उपजाति के लोग अपने धर्म-कर्म रीति-रिवाज और सामाजिक विचारों का आदान-प्रदान करते हैं।

पहाड़िया मेला

पहाड़िया समुदाय झारखंड की सबसे प्राचीन जाति है। इस समुदाय द्वारा इसका आयोजन साहबगंज जिले के तालझारी बाकूडीह में किया जाता है। इसमें पहाड़िया जनजाति की बहुलता देखी जाती है। पहाड़िया बहुत बहादुर जाति है। इसी समुदाय के तिलका मांझी ने अंग्रेज कलेक्टर की भागलपुर में हत्या कर दी थी। मेले में प्रशासन की भी भागीदारी होती है।

बिंदुवासिनी मेला

साहबगंज जिला मुख्यालय से 55 कि.मी. दूर पतना प्रखंड में माँ बिंदुवासिनी की अति प्राचीन शक्तिपीठ है। यहाँ हर साल चैत मास में रामनवमी के अवसर पर 10 दिनों का मेला लगता है। काफी दूर-दूर से भक्त

यहाँ आते हैं। माँ के दरबार में मत्था टेकते हैं और मेले का आनंद लेते हैं।

करमदहा मेला

करमदहा मेला जामताड़ा जिले के नारायणपुर प्रखंड के करमदहा में लगता है। 15 दिवसीय यह मेला मकर संक्रांति के अवसर पर लगता है। बराकर नदी के किनारे स्थित दुखिया बाबा के प्रांगण में इसका आयोजन किया जाता है। हर दिन लोग मेले का आनंद उठाते हैं। मेले में आने वाले करमदहा का खाजा लेना नहीं भूलते। यह काफी प्रसिद्ध है। यह खाजा आकार और प्रकार में बाजार के अन्य खाजा से बिल्कुल भिन्न होता है। इसका वजन आधा किलो से दो किलो तक होता है। इस खाजा को लोग संदेश के रूप में घर ले जाते हैं। करमदहा गया और खाजा नहीं लिया तो लगता है मेले में अधूरी खरीदारी की। लोग कहते हैं कि खाजा का इतिहास उतना ही पुराना है, जितना यह मेला। मेले में मिठाइयों की और भी दुकानें लगती हैं। कई प्रकार के खेल-तमाशे भी दिखाए जाते हैं। 15 दिनों तक रात-दिन मेला गुलजार रहता है। लोग कहते हैं कि सन् 1907 में दुखिया महादेव स्वतः अवतरित हो गए थे।

राजबाड़ी का ऐतिहासिक रास मेला

झारखंड में रास मेला का आयोजन कई जिलों में होता है। जामताड़ा के राजबाड़ी में ऐतिहासिक रास मेला लगता है। एक पखवाड़े तक चलने वाले इस मेले में जादू व सर्कस के साथ विभिन्न प्रकार के लजीज व्यंजन, उपहार सामग्री, शृंगार प्रसाधन के साथ कई प्रकार के झूले भी लगाए जाते हैं। मेले में हर दिन लोगों के मनोरंजन के लिए विभिन्न प्रकार के कार्यक्रम आयोजित किए जाते हैं। भजन संध्या के साथ बाउल गान और कीर्तन भी होता है।

कृष्णापुर गाँव में रास मेला लगता है। मेले में बिजली झूला, बच्चों

का झूला, फोटो स्टूडियो समेत कई दुकानें लगाई जाती हैं। मेले में प्रशासन की ओर से भी स्टाल लगाए जाते हैं। नवंबर में इसका आयोजन होता है। उसी तरह सिमडेगा के जलडेगा से लेकर दूसरे जिलों में भी रास मेले का आयोजन किया जाता है।

नीमझर का मेला

गोड्डा जिले के पोड़ैयाहाट प्रखंड के गोड्डा हंसडीहा मार्ग पर कठौन से पाँच कि.मी. पश्चिम नीमझर नामक गाँव के समतल मैदान पर मकर संक्रांति के अगले दिन यह मेला लगता है। पास में ही नीमझर तालाब भी है। मेले की खासियत यह है कि यहाँ आदिवासी-सदान दोनों आते हैं। एक तरह से यहाँ दो संस्कृतियों का दर्शन होता है। दोनों का यह मिलन स्थल भी है। सबसे बड़ी बात यह है कि यहाँ पर गरम जल का कुंड है। ऐसी मान्यता है कि इस गरम जल कुंड में स्नान करने से किसी भी प्रकार के चर्म से मुक्ति मिल जाती है।

नीमझर तालाब की विशेषता गरम कुंड है। इस तालाब का जल गंगा की तरह पवित्र माना जाता है। जहाँ कड़ाके की ठंड के बावजूद लोग डुबकी लगाते हैं। श्रद्धालुओं में, विशेषकर आदिवासियों के एक समुदाय साफाहोड़ में डुबकी लगाने के बाद निहरनी माई, गणेश सहित शंकर-पार्वती की पूजा-अर्चना करते हैं। तालाब के किनारे गणेश भगवान् सहित शिव-पार्वती की मूर्ति स्थापित है। स्थानीय लोगों का कहना है कि निहरणी माई मनोकामना पूर्ण करती हैं।

यहाँ डुबकी लगाने वाले श्रद्धालुओं की मानें तो वे मन्नतें पूरी होने के लिए ही डुबकी लगाते हैं। पुजारी कहते हैं कि इस तालाब का धार्मिक महत्त्व इतना है कि यहाँ से कोई निराश नहीं लौटता है। लोगों के बीच पोखर के विषय में पाखहरी बांसी तथा नीमझर के बीच सहसंबंध की कई लोक कथाएँ प्रचलित हैं। द्वि दिवसीय मेले के लिए नीमझर तालाब के

पास दुकानें सज जाती हैं। कहीं आदिवासी नृत्य होता है, कहीं नाटक का मंचन। खान-पान के स्टाल भी लगते हैं। छठ, नवरात्र या अन्य धार्मिक अनुष्ठान लोग इस तालाब में डुबकी लगाकर करते हैं।

बिसुआ मेला

गोड्डा जिले के बसंत राय प्रखंड में लगने वाला ऐतिहासिक बिसुआ मेला आस्था व प्रेम का प्रतीक है। यहाँ हर साल 14 अप्रैल को मेला लगता है। मेले के शुरू होने से पहले साफाहोड़ संथाल आदिवासी समुदाय के लोग प्रसिद्ध तालाब में डुबकी लगाकर पूजा-अर्चना करते हैं। उनकी यह पूजा रात भर चलकर अगले दिन समाप्त होती है। इसके बाद सभी गुरुओं से दीक्षा ग्रहण करते हैं। प्राचीन परंपरा का निर्वहन करते हुए इस समुदाय के लोग बाहरी जिले से आए समुदाय के लोगों के साथ आस्था की डुबकी लगाते हैं और मन से दुष्कर्म को त्यागकर गुरुओं द्वारा बताए हुए रास्तों पर चलने का संकल्प लेते हैं। तालाब में तीन दिनों तक साफाहोड़ संथाल आदिवासी डुबकी लगाते हैं। मेले में खेल, तमाशा, मनोरंजन सहित विभिन्न प्रकार की वस्तुओं की दुकानें भी लगती हैं। जिले में विख्यात इस मेले में ऐसी कोई चीज नहीं है, जो न मिलती हों। मेले को लेकर ग्रामीणों में काफी उत्साह रहता है। मेले में सिर्फ शहरी क्षेत्र के लोग ही नहीं, वरन् दूर-दराज के लोग भी आते हैं। मेला आदिवासियों व सदानों को आपस में जोड़ता है। यही इस मेले की सबसे बड़ी खासियत है।

ऐसी मान्यता है कि तत्कालीन राजा बसंत ने इस क्षेत्र में आए सुखाड़ की वजह से पुत्री कर्णवती के कहने पर 52 बीघा क्षेत्रफल में बहुत गहरा तालाब खुदवाया। ऐसा कहा जाता है कि इस पोखर में सफाहोड़ संथाल आदिवासी के एक गुरु ने समाधि ली थी। इसलिए यह पोखर सफाहोड़ का पवित्र तीर्थ स्थल है। यही कारण है कि साल में दो बार यहाँ बड़ी संख्या में सफाहोड़ जुटते हैं और दीक्षा ग्रहण करते हैं। बिसुआ मेले में तो

यहाँ डुबकी लगाने के लिए बड़ी संख्या में लोग आते हैं और मेले का आनंद लेते हैं। इस पोखर में डुबकी लगाने से चर्म रोग सहित अनेक प्रकार की बीमारियों से निजात मिलती है।

नवसृजित प्रखंड बसंतराय के मुख्यालय में यह विशाल पोखर अवस्थित है। यहाँ पहुँचने के लिए जिला मुख्यालय से बसंतराय के लिए बस से यात्रा करनी पड़ती है। यह बिहार-झारखंड की सीमा से बिल्कुल सटा हुआ है। इसलिए यहाँ एकीकृत बिहार की संस्कृति की झलक भी दिखती है।

ललकी-अहरी मेला

जामताड़ा जिले के जेरूवा ग्राम नारायणपुर में दीवाली के समय यह मेला लगता है। वस्तुतः यह मेला जुए के लिए प्रसिद्ध है। यहाँ दूर-दूर से बड़ी संख्या में जुआरी आते हैं, अपना सबकुछ दाँव पर लगा देते हैं। पहले के लोग बताते हैं कि अपनी पत्नी तक को दाँव पर लगा देते थे। अब यह कुप्रथा बंद हो गई है।

रक्षाकाली मेला

जामताड़ा प्रखंड के राजपल्ली में एक सप्ताह का यह मेला जनवरी के महीने में लगता है। इस मेले के पीछे अलग कहानी है। बताते हैं कि जब अंग्रेज यहाँ के लोगों को खदेड़ रहे थे, तब माँ काली मंदिर के पास लोगों ने एकत्रित होकर अपनी रक्षा के लिए माँ काली से गुहार लगाई थी। माँ काली ने गुहार सुन ली और उनकी रक्षा हुई। इसके बाद से माँ काली का नाम ही रक्षा काली पड़ गया।

गरम पानी मेला

पाकुड़ जिले में एक दिन का गरम पानी मेला लगता है। पाकुड़िया प्रखंड के सीतापुर में इसका आयोजन होता है। यहाँ गरम पानी का कुंड

है। मकर संक्रांति पर लोग आते हैं और इसमें स्नान करते हैं। स्नान के बाद पूजा-अर्चना करते हैं। इस कुंड में स्नान करने से चर्म रोगों से भी निजात मिलती है। इसमें सफाहोड़ संथाली आदिवासी भी भाग लेते हैं। इसी तरह जिले के लिट्टीपाड़ा के नावाडीह में भी दस दिन का जनवरी में मेला लगता है। यहाँ भी एक गरम पानी का कुंड है, जहाँ बड़ी संख्या में लोग स्नान करते हैं। एक से बीस जनवरी तक लगने वाले इस मेले में तरह-तरह की दुकानें सजती हैं। स्थानीय दुकानदारों के अलावा बाहर से भी दुकानदार, झूलेवाले आते हैं।

गाय-डाइर मेला

सदान-आदिवासियों का एक खास पर्व है। यह मेला सोहराई यानी दीपावली के दूसरे दिन लगता है। इसे गाय-डाइर मेला कहा जाता है। इस दिन मवेशियों—गाय, बैल, भैंस-बकरियों को रँगा और सजाया जाता है, साथ ही सींगों में तेल डाला जाता है और पशु धन को नहलाकर विशेष रूप से श्रृंगार किया जाता है। महतो पहले गोहाल या गौरैया खूँटे की पूजा करता है और बलि चढ़ाकर तपान देता है। फिर मवेशियों को किसी मैदान में लाया जाता है। ढोल-बाजे बजाए जाते हैं। सूअर को गाय-बैलों के सींग की ओर धकेला जाता है। सींग मार-मार कर मवेशी सूअर को खत्म कर देते हैं। यह मवेशियों को निडर बनाने के लिए किया जाता है।

ऐसी मान्यता है कि ऐसा करने पर मवेशी जब जंगल में चरने जाएँगे और जंगली जानवरों से इनका सामना होगा तो ये निडर होकर उनसे अपनी रक्षा कर सकेंगे। इसीलिए इस मेले को गाय-डाइर मेला कहा जाता है। सदान एवं गोप वर्ग इसका आयोजन पूरे उत्साह से करते हैं, हालाँकि इस मेले में आदिवासी भी भाग लेते हैं। इस मेले की अलग-अलग तिथियाँ हैं। गाँव वाले अपनी सुविधानुसार कार्तिक तृतीया से इसका आयोजन शुरू करते हैं।

□

कोल्हान के मेले

(पश्चिमी सिंहभूम, पूर्वी सिंहभूम एवं सरायकेला-खरसांवा।)

सिंहों की भूमि

कोल्हान 'हो' बहुल इलाका है, हालाँकि आज यहाँ बहुत-सी जातियाँ बस गई हैं और उनकी संस्कृति का चलन भी बढ़ गया है; लेकिन एक समय यह इलाका हो का माना जाता था। हो के बसने से पहले यहाँ भुइयाँ और दूसरी जातियाँ भी थीं। कोल्हान का इतिहास दरअसल हो का इतिहास है या वे ही इस इतिहास के केंद्र में हैं। इसलिए, उन्हें अलग कर यहाँ का इतिहास पूर्ण नहीं होता।

'हो' का अर्थ आदमी होता है। मुंडारी भाषा में इसका पर्यायवाची शब्द होर और संथाली में होड़ है। हो की अपनी संस्कृति और अपने रीति-रिवाज हैं। ये प्रकृति के उपासक हैं। 'हो' अपने ग्राम देवता 'देशाउलि' को अपना सर्वेसर्वा मानते हैं। अन्य अवसरों के अलावा प्रति वर्ष मागे परब के अवसर पर बलि चढ़ाकर ग्राम पुजारी 'दिउरी' द्वारा इसकी पूजा-पाठ की जाती है तथा गाँव के सभी लोग पूजा स्थान पर एकत्रित होकर ग्राम देवता से आशीर्वाद प्राप्त करते हैं।

'हो' जनजाति भी मुंडा जनजाति की एक शाखा है। जॉन हॉफ मैन ने छोटानागपुर में मुंडा जनजाति को तीन भागों में बाँटा है—कंपाट मुंडा, महली मुंडा एवं हो मुंडा। हो मुंडा अपने को केवल हो कहने लगे और

उनका समूह सिंहभूम यानी कोल्हान में जाकर बस गया। हो को कुछ विद्वानों और शासकों ने कोल के रूप में प्रस्तुत किया और जिस इलाके में यह रहने लगे, उन्होंने कोल्हान की संज्ञा दे दी।

आदित्य प्रसाद सिन्हा ने लिखा है कि हो कोल्हान में प्रवेश करने से पहले छोटानागपुर में ही निवास करते थे। मुंडा जनजाति समूह से अलग होकर जब ये सिंहभूम में आए तो उस समय यह क्षेत्र घने जंगलों, दुर्गम घाटियों और पहाड़ी शृंखलाओं का प्रदेश था। हो मुख्यतः सारंडा के वन क्षेत्र में आए और फिर सिंहभूम के दक्षिणी पूर्वी भाग में फैल गए। उन्होंने वन क्षेत्र को साफ कर खेती योग्य जमीन तैयार की और फिर ये खेती करने लगे। इसके बाद उन्होंने कोल्हान को अपनी मातृभूमि के रूप में अंगीकार कर लिया। एक गीत में उनका यह प्रेम झलकता भी है—सिंगभूमि **हासारेबु जोनोम लेना, सिंहलेकन पाइटिबु रिका गेया; जोनोम नेनगा, दिशुम नेलगा, किलिमिलिबु सेबा सिंगारेया।** यानी हम लोगों का जन्म सिंहों की भूमि (या सिंगबोगा प्रदेश) में हुआ है। हम लोगों को शक्तिशाली सिंहों की तरह कार्य एवं व्यवहार करना चाहिए। हम अपनी मातृभूमि 'सिंहभूम' के लिए अच्छा काम करें और अच्छाई से इसको सजाएँ, इसका शृंगार करें।

सिंहभूम का प्राचीन नाम सिंहदिशुम था, जिसका अर्थ है, वृक्षों का प्रदेश। इस नामकरण के साथ सिंगबोंगा को भी जोड़ा जाता है। चंद्रवंशी सिंह राजाओं द्वारा शासित होने के कारण भी कुछ इसे सिंहभूम कहते हैं, पर हो लोककथाओं पर ध्यान दें तो सिंह राजाओं, जिनका क्षेत्र पोराहाट था, का शासन कोल्हान में प्रभावकारी नहीं हो सका। सबसे पहले हो लोग पोराहाट क्षेत्र में ही आए। यहाँ भुइयाँ जाति के लोग पहले से रहते थे। जगन्नाथपुरी से तीर्थयात्रा कर वापस आते समय मारवाड़ी वहाँ के महापात्र के अतिथि के रूप में आए और बस गए। उन लोगों ने हो और भुइयाँ जाति में संघर्ष करा दिया और अंततः हो पोराहाट छोड़कर कोल्हान प्रदेश में जा बसे।

हो जब दक्षिणी-पूर्वी क्षेत्र में आए तो वहाँ उस समय सरावकों की सभ्यता एवं संस्कृति विकसित थी। बेनीसागर के निकट मिले अवशेषों से पता चलता है, जहाँ खुदाई अब भी जारी है, सरावक बौद्ध धर्म को मानने वाले थे। सिन्हा मानते हैं कि या तो वे भाग गए या फिर हो द्वारा भगा दिए गए। जब हो कोल्हान में बस गए तो उन्होंने अपने क्षेत्र में किसी भी अन्य विजातीय को बसने नहीं दिया। यहाँ तक कि उन लोगों ने कोल्हान होकर जगन्नाथपुर जाने वाले मार्ग को भी बंद कर दिया। कोल्हान उनका एकछत्र साम्राज्य बन गया।

इस बीच 18वीं शताब्दी में उन पर पोराहाट राजाओं के साथ अंग्रेजों ने भी हमले कर दिए, पर वे अविजित ही रहे, हारे नहीं। 'हो' समुदाय के लोगों ने उन्हें खदेड़कर पीछे कर दिया। राजाओं को हमेशा मुँह की खानी पड़ी। अंततः नवंबर, 1836 में गवर्नर जनरल के एजेंट सर थॉमस विल्किंसन ने सिंहभूम में शांति एवं सुव्यवस्था स्थापित करने के लिए सिंहभूम एवं मयूरभंज (ओडिशा) से 23 पीड़ों यानी परगना को लेकर कोल्हान का विधिवत् सृजन किया। इन पीड़ों के प्रत्येक गाँव में शांति व्यवस्था एवं राजस्व वसूली के लिए एक मुंडा व प्रत्येक पाँच से 20 गाँवों पर एक मानकी का पद सृजित किया। पूरे कोल्हान में शासन सूत्र सँभालने के लिए सरकारी स्तर पर एक कोल्हान अधीक्षक व उपायुक्त का पद सृजित हुआ। वर्तमान में पूर्वी एवं पश्चिमी सिंहभूम तथा सरायकेला खरसावाँ जिले का संपूर्ण भाग हो लोगों का आवास क्षेत्र है और अब इसे ही कोल्हान कहा जाता है।

हो बहुल कोल्हान कभी किसी राजतंत्र के अधीन नहीं रहा। इनका जीवन स्वाधीन था। इनकी पहचान पराक्रमी योद्धाओं के रूप में थी। इनके धनुष से निकला तीर का निशाना कभी नहीं चूकता था। पोड़ाहाट के राजा तथा कई अन्य राजाओं ने इस क्षेत्र को अपने अधीन करने के लिए कई बार कोशिश की, पर 'हो' समुदाय के लोगों ने इन्हें खदेड़कर पीछे कर

दिया। राजाओं को हमेशा मुँह की खानी पड़ी।

इतिहास बताता है कि इनके रणकौशल ने अंग्रेजों की सेनाओं को जगन्नाथपुर, हाटगम्हरिया, कोचोड़ा, पुखरिया, चौनपुर आदि जगहों में पीठ दिखाकर भागने के लिए विवश कर दिया था। अपने इलाकों में विदेशी दुश्मनों या बाहरी लोगों की घुसपैठ को कभी पसंद नहीं किया। सन् 1920 में चोएंबसा (वर्तमान में चाईबासा) में हुई घमासान लड़ाई में अंग्रेजों ने राजाबसा, पूर्णिया इलाकों से कई 'हो' योद्धाओं को पकड़ा था और इन योद्धाओं को चाईबासा जेल के सामने एक बरगद के पेड़ से लटकाकर फाँसी दी थी।

'हो' के भी अपने कुछ प्रमुख पर्व-त्योहार हैं। इनका संबंध प्रकृति के साथ काफी निकट का होता है। इनका रहन-सहन, जीवन स्तर प्रकृति से ही संचालित होता है और इनके पर्व-त्योहार भी प्रकृति से ही संबंधित होते हैं। 'हो' जाति में माने जाने वाले पर्व त्योहार निम्नलिखित हैं—

पर्व त्योहारों के नाम मनाए जाने के दिन—1. बा पर्व फाल्गुन पूर्णिमा, 2. बाबामूठ बैशाख पूर्णिमा, 3. हेरोओ पर्व आषाढ़ पूर्णिमा, 4. जोमनमा पर्व भादों पूर्णिमा, 5. माघे पर्व माघ पूर्णिमा।

इन सभी त्योहारों का प्रकृति यानी फल-फूलों, फसलों के साथ संबंध होता है। लोग अपने पर्व-त्योहारों की ओर उन्मुख हो पूरी जिंदगी जीने की शैली में मनाते हैं। पर्व त्योहारों के समय अपनी गरीबी-अमीरी, सुख-दुःख आपसी मन-मुटाव, सभी बातें भूल कर हर्षोल्लास के साथ मनाते हैं। 'हो' समाज में एक पुरानी कहावत है 'सेनगे सुसुन, कजि गे दुरंग'। उनकी संस्कृति की एक झलक कोल्हान में लगने वाले मेलों में भी देख सकते हैं।

मागे मेला

'हो' आदिवासियों का यह प्रमुख मेला और पर्व है। यह फसलों के

कटने तथा खेत-खलिहान के कार्यों को समाप्त करने के पश्चात् माघ महीने की माघ पूर्णिमा को मनाया जाता है। चूँकि कृषि कार्यों से फुर्सत मिलने के बाद यह त्योहार मनाया जाता है। इसलिए इस त्योहार को बड़े ही धूमधाम से मनाया जाता है। इसकी तैयारी महीनों पहले से ही शुरू हो जाती है। लोग घरों की सफाई, लिपाई-पुताई करते हैं। इस त्योहार में लोग नए कपड़े पहनते हैं। इसमें ग्राम देवता की पूजा गाजे-बाजे के साथ नाचते-गाते हुए धूम-धाम से की जाती है। चूँकि इस समय सभी खेतों के काम से फुर्सत पा चुके होते हैं। इसलिए लोग सगे-संबंधियों, दोस्तों को आमंत्रित करके खिलाते-पिलाते हैं। मागे परब (पर्व) के समय पूरा गाँव खुशियों से झूम उठता है। मेले का आयोजन होता है।

मागे पर्व चाईबासा के तांतनगर प्रखंड के उलीडीह में भी मनाया जाता है। मागे पर्व गीत-संगीत व दमा-दुमांग की आवाज से गूँजता है। इन दिनों कई गाँवों में आदिवासी हो समुदाय के युवक-युवतियाँ, बूढ़े-बुजुर्ग समेत छोटे-छोटे बच्चे नए-नए वस्त्र धारण किए दामा-दुमांग की थाप पर सामूहिक नृत्य कर आनंद लेते हैं। इस मौके पर छाता मेले का आयोजन किया जाता है। चाईबासा के टोंटो प्रखंड में भी मागे पर्व पर विभिन्न प्रकार की खेलकूद प्रतियोगिताओं का आयोजन किया जाता है।

ऐतिहासिक केरा मेला

पश्चिमी सिंहभूम जिले के केरा गाँव में ऐतिहासिक माँ भवानी के मंदिर स्थान पर चैत नवरात्र में मेला लगता है, जहाँ कई राज्यों से श्रद्धालु आते हैं। यहाँ माँ केरा के साथ दो दर्जन से अधिक देवी-देवताओं की प्रतिमाएँ स्थापित है। मंदिर के प्रवेश द्वार में या दक्षिण द्वार के ऊपर माँ काली, माँ तारा, माँ षोडषी, माँ भैरवी, माँ भुवनेश्वरी, अर्धनारीश्वर, माँ छिन्नमस्ता, धुमावती, माँ बगलामुखी, माँ मातंगी और माँ कमला की प्रतिमा स्थापित है, जबकि पूर्व द्वार पर नंदी, भृंगी और दक्ष-यक्ष दरशाया गया है।

साथ ही द्वार पर भगवान् श्री कृष्ण की प्रतिमा है। इसके अलावा गौ माता की सेवा का जीवंत चित्रण किया गया है। साथ में शिव-पार्वती मिलन और किरात अर्जुन और भगवान् शिव विवाह का अलौकिक चित्रण है। पूर्व द्वार के आँगन में माता रंकिणी की मूर्ति स्थापित है, जहाँ बलि चढ़ाई जाती है। मंदिर के पश्चिमी द्वार के ऊपर नव दुर्गा के शैलपुत्री, ब्रह्मचारिणी, चंद्रघंटा, कूष्मांडा, स्कंध माता, कात्यायिनी और महिषासुरमर्दिनी के साथ माता कालरात्रि और महागौरी के चित्र के साथ भगवान् विष्णु और माता लक्ष्मी की प्रतिमाएँ बनाई गई हैं। इसके नीचे देव-दानव के साथ समुद्र-मंथन का चित्र एवं माता लक्ष्मी व माता पार्वती का अलौकिक चित्र बनाया गया है।

मिरगी चिंगड़ा मेला

सरायकेला की खरकई नदी के तट पर मिरगी चिंगड़ा मेला लगता है, जहाँ महिलाओं का हुजूम उमड़ पड़ता है। मकर संक्रांति के बाद शनिवार को लगने वाले इस मेले में सरायकेला, खरसावाँ, जमशेदपुर के साथ ही पड़ोसी राज्य ओडिशा से भी महिलाएँ आती हैं। मिरगी चिंगड़ा का मेला राज्य में एक मात्र ऐसा मेला है, जिसमें सिर्फ महिलाएँ शामिल होती हैं। स्थानीय लोगों की मानें तो यह मेला लगभग डेढ़ सौ वर्ष पुराना है। पहले महिलाएँ सिर्फ मनोरंजन के लिए यहाँ आती थीं और पिकनिक का आनंद लेती थीं।

मिरगी चिंगड़ा स्थान पर बाबा गर्भेश्वर नाथ की पूजा-अर्चना होती है। इस दिन महिलाएँ यहाँ बाबा गर्भेश्वर नाथ की पूजा-अर्चना करती हैं। मान्यता है कि जो भी भक्त सच्चे दिल से उसकी पूजा-अर्चना करता है, उसकी हर मनोकामना पूरी होती है। माना जाता है कि महाभारत में पांडु पुत्र अज्ञातवास के समय यहाँ पर पहुँचे थे और विश्राम किया था। पत्थरों पर उभरे उनके पदचिह्न आज भी हैं।

शुक्रवार को लगने वाला मेला तो आम मेला होता है, मगर इसके अगले दिन शनिवार को महिलाओं का मेला लगता है। हाल के कुछ सालों में हालात बदले हैं, अब कई पुरुष भी मेले में आने लगे हैं। इसके बावजूद इसकी पहचान महिलाओं के मेले के तौर पर ही है और इस मेले का इंतजार महिलाएँ पूरे साल करती हैं।

इस मेले के बारे में कई पौराणिक मान्यताएँ भी हैं। खरकई नदी के तट पर बसे मिरगी गाँव की भौगोलिक स्थिति बड़ी रोचक है। दक्षिण से उत्तर की ओर बहने वाली यह नदी इस जगह पश्चिम से पूरब की ओर घूम जाती है। ऐसी जनश्रुति है कि पहले भगवान् जगन्नाथ का मंदिर यहीं बनने वाला था। इसके लिए देवताओं ने एक बार रात के वक्त इसी जगह पर बैठक की। यहाँ मंदिर बनाया जाए या नहीं, इस मुद्दे पर देवताओं के बीच अलग-अलग राय थी। ऐसे में पूरी रात चर्चा चलने के बावजूद कोई फैसला नहीं हो पाया और सुबह हो गई।, सवेरा होते ही बैठक में भगदड़ मच गई। दरअसल, देवताओं को सुबह होने से पहले ही मृत्युलोक छोड़ देना था, ताकि इनसान उन्हें देख न पाएँ। ऐसे में हड़बड़ी में देवताओं के कई चित्र वहीं छूट गए। आज भी वहाँ नदी के तट पर पत्थरों पर कई चित्र ऐसे बने हैं जैसे देवताओं के शस्त्र या अन्य चीजें हों। वैसे भूवैज्ञानिकों का कहना है कि ये नदी की धारा के कारण बने निशान हैं। बहरहाल बात चाहे जो भी हो, इन्हीं चित्रों के कारण यह स्थल लंबे समय से लोगों की आस्था का केंद्र बना हुआ है और हर साल यहाँ मेला लगता है।

दूसरी कहानी भी प्रचलित है। वनवास के दौरान विराट्नगर जाते वक्त कुंती और पांडव तीन-चार दिनों के लिए मिरगी गाँव में खरकई नदी के तट पर ठहरे थे और वहाँ मौजूद चित्र उन्हीं पांडवों और कुंती के बताए जाते हैं। दरअसल, वहाँ पहले दिन लगने वाला मेला पांडवों के स्वागत में आयोजित होता है, जबकि दूसरे दिन जब पांडव दिन के वक्त अपनी माँ को अकेला छोड़कर कहीं चले गए थे, बहुत संभव है भिक्षाटन के लिए,

उस इलाके की औरतें माता कुंती का साथ देने और उनसे मुलाकात करने वहाँ गई थीं, जिस कारण मेले के दूसरे दिन महिलाओं का मेला लगने लगा।

एक तीसरी कहानी भी है। मिरगी चिंगड़ा मेला किसी जाति या समुदाय विशेष का मेला नहीं है और न ही इसका कोई धार्मिक आधार है। सही अर्थों में फसलों की कटाई के बाद मौज-मस्ती और सामाजिक जुड़ाव को केंद्र में रखते हुए इस मेले की शुरुआत हुई है। माना जाता है कि करीब साढ़े-तीन सौ साल पहले इस मेले की शुरुआत सरायकेला इस्टेट की रानियों और कस्बे की अन्य औरतों ने की थी।

कला और संस्कृति से जुड़ाव रखनेवाला उनका खानदान हमेशा से स्त्रियों के प्रति संवेदनशील नजरिया अपनाता रहा है और हमेशा उनकी भावनाओं को तरजीह देने की कोशिश की जाती रही है। चूँकि खरकई नदी के तट पर बसा मिरगी गाँव इस इलाके का सबसे रमणीय स्थल है, इसलिए फसलों की कटाई के बाद लगने वाले मेले के लिए उसी जगह को चुना गया। पहले तो वहाँ सामान्य मेले लगते रहे, मगर आने वाले दिनों में स्त्रियों ने अपने लिए एक स्वतंत्र मेले की जरूरत महसूस की, जहाँ वे पुरुषों के प्रभाव से मुक्त होकर पूरा दिन हँसते-खेलते गुजार सकें। संभवतः इसी तरह इस अनोखे मेले की शुरुआत हुई। इस तरह यह झारखंड का लगने वाला अनोखा मेला है।

पुष्प चंद्र शांति मेला

खरसावाँ के कुचाई में मकर संक्रांति व टुसू पर्व पर पुष्प चंद्र शांति मेले का आयोजन होता है। यह मेला दो दिवसीय लगता है, जहाँ फुटबाल प्रतियोगिता होती है। इसमें महिलाओं और पुरुषों की टीम अलग-अलग खेलती है। इसके साथ ही टुसू चौड़ प्रतियोगिताएँ होती हैं। यहाँ पुरुष वर्ग में काफी टीमें भाग लेती हैं। कभी-कभी तीन दर्जन टीमें भी शिरकत

करती हैं। विजेता टीमों को पुरस्कृत किया जाता है। कुचई अपने खास ढंग के सिल्क के लिए भी जाना जाता है।

हरिणा मेला

कोल्हान का सबसे प्रसिद्ध हरिणा मेला मुक्तेश्वरधाम हरिणा मंदिर में ज्येष्ठ की रोजो संक्रांति के अवसर पर लगता है। यह मेला पूरे कोल्हान प्रमंडल में प्रसिद्ध माना जाता है। यह मेला जेठ के महीने में लगता है, जिसमें लाखों श्रद्धालु पूजा करने पहुँचते हैं। झारखंड, ओडिशा, बंगाल, उत्तर प्रदेश, बिहार के लोग यहाँ आते हैं। मेले के सही रूप से संचालन हेतु स्थायी कमेटी का गठन किया गया है। मेला पोटका प्रखंड में लगता है।

जयदा टुसू मेला

जमशेदपुर के चांडिल में भी राज्य का प्रसिद्ध जयदा टुसू मेला लगता है। स्वणरिखा नदी के तट पर बाबा भोले के मंदिर में भक्त नदी में स्नान करने के बाद पूजा-अर्चना करते हैं। गरीबों को दान देते हैं। दही-चूड़ा, तिलकुट आदि ग्रहण करते हैं। मेले में दुकानें भी सजती हैं। इसके साथ ही चांडिल डैम के पास भी टुसू मेले का आयोजन होता है। यहाँ टुसू प्रतियोगिता होती है। टुसू पर्व मकर संक्रांति पर ही मनाया जाता है। जगह-जगह मेले का आयोजन होता है। अकसर नदी के किनारे ही मेला लगता है। नदी से भी इस पर्व का खास संबंध है।

बाँग्ला मेला

जमशेदपुर में भी बाँग्ला मेला का आयोजन किया जाता है। यहाँ भी बाँग्ला मेला में कोलकाता की बैंड पार्टी और अन्य कलाकार अपना कार्यक्रम पेश करते हैं। मेले में लोग बैंड पार्टी व संगीत का आनंद लेते हैं। दूसरी ओर कला-संस्कृतियों, हस्तशिल्प, बाँग्ला पुस्तक खान-पान व परिधान

से लेकर बंगाल की अन्य सभी संस्कृति के स्टाल लगाए जाते हैं। मेले का आयोजन सिंहभूम बंगीय एसोसिएशन की ओर से होता है। यहाँ भी पोयला बैसाख के मौके पर ही मेले का आयोजन होता है।

छऊ महोत्सव सह स्वदेशी मेले

सरायकेला में छऊ महोत्सव कई दशकों से मनाया जा रहा है। सन् 2015 से इस महोत्सव को व्यापक बनाने और देश के दूसरे लोगों को जोड़ने के लिए स्वदेशी मेले का भी आयोजन किया गया। इस बार काफी भव्य कार्यक्रम हुआ और कई प्रदेशों के कलाकारों ने अपनी छटा बिखेरी। स्वदेशी मेले में न सिर्फ झारखंड की लोक संस्कृति की झलक देखने को मिली, बल्कि मेले से लघु कुटीर उद्योगों को भी बढ़ावा मिला।

हर साल चैत में इसका आयोजन होता है। इस बार 5 अप्रैल से 13 अप्रैल तक इसका आयोजन किया गया। मेले में सरायकेला में ही निर्मित छऊ मुखौटे, छऊ ताज, कुचाई सिल्क, खादी सिल्क और बाँस की सामग्री जैसी विभिन्न कलाकृतियों को पेश किया गया, साथ ही मेले में आने वाले लोगों ने कुटीर उद्योगों में बने साजो-सामान को खास पसंद भी किया। सरायकेला में छऊ एक संस्कृति बन चुकी है। झारखंड में यही ऐसी कला है, जिसमें छह लोगों को पद्‌मश्री मिल चुकी है। इससे इसके महत्त्व को समझ सकते हैं।

खरमुआंर यात्राघाट ब्राहमनिघटिया पाट।
केरार कलिका धट सढ़ैक लिया नाट॥

'खरसावाँ का यात्राघाट, बातनघाटी का पाट, केरार का कालिका घाट एवं सरायकेला का छऊ नृत्य विख्यात है।' उड़िया लोकभाषा की यह कहावत आज भी छऊ नृत्य के संदर्भ में उपयुक्त है। चैत्र पर्व के अवसर छऊ नृत्य का आयोजन शताब्दियों से किया जाता रहा है। छऊ नृत्य का आयोजन चैत्र पर्व के अवसर पर सरायकेला, खरसावाँ, मयूरभंज तथा

पुरुलिया में समान रूप से होता आया है, किंतु सरायकेला नृत्यशैली की मौलिकता सभी स्वीकार करते हैं। सिंहभूम के इस प्रदेश से छऊ नृत्य परंपरा का विकास मयूरभंज तथा बागमुंडी में हुआ। सरायकेला एवं मयूरभंज शैली को राजपरिवार का प्रश्रय मिलता रहा, लेकिन पुरुलिया के बागमुंडी क्षेत्र में सामान्य जनता ने छऊ नृत्यकला को लोकप्रिय बनाने का काम किया। इसमें संदेह नहीं कि सरायकेला छऊ नृत्य आज अंतरराष्ट्रीय स्तर पर अपनी पहचान बना चुका है। सयुंक्त राष्ट्र संघ की संस्था यूनेस्को ने भी सरायकेला छऊ नृत्य को विश्व धरोहर के रूप में स्वीकार किया है। सरायकेला छऊ नृत्य झारखंड की एक अमूल्य सांस्कृतिक विरासत है। सरायकेला खरसावां के राजपरिवार के सदस्य एवं आमलोग, सबने मिलकर इस छऊ नृत्यकला को भारतीय संस्कृति का एक विशिष्ट अध्याय बनाया है। सरायकेला क्षेत्र का यह छऊ नृत्य झारखंड की नहीं, भारत की भी पहचान है। विश्व विरासत में भी इसको शामिल किया गया है।

चैत्रपर्व एवं छऊ नृत्य : छऊ नृत्य का आयोजन चैत्रपर्व के अवसर पर किया जाता है। चैत्रपर्व के पावन अवसर पर आयोजित इस कार्यक्रम में समाज के सभी वर्ग के लोग भाग लेते हैं। चैत्रपर्व सामाजिक चेतना का प्रतीक है, जिसमें धर्म एवं कला की अभिव्यक्ति समाज के सभी वर्गों द्वारा की जाती है। सरायकेला के लोग इस अवसर पर भगवान् शिव एवं शक्ति के सम्मिलित स्वरूप की आराधना अर्द्धनारीश्वर के रूप में करते हैं।

चैत्रपर्व सरायकेला-झारखंड, मयूरभंज-छऊ नृत्य तथा पुरुलिया-प. बंगाल में भी मनाया जाता है। अतएव इन क्षेत्रों में समान रूप से छऊ उत्सव भी मनाया जाता है। पहले चैत्रपर्व एवं छऊ नृत्य का आयोजन सरायकेला खरसावाँ एवं सिहंभूम सहित अन्य क्षेत्रों में एक साथ किया जाता था। बाद में सभी क्षेत्रों में छऊ नृत्य का आयोजन चैत्रमास में होने लगा और एक परंपरा विकसित हो गई। इस प्रकार चैत्रपर्व एवं छऊ नृत्योत्सव के बीच अटूट संबंध बन गया।

चैत्रपर्व का आयोजन वसंतोत्सव के रूप में भी होता है। इस अवसर पर नटराज शिव की उपासना की जाती है। चैत्रपर्व तेरह दिनों तक चलता रहा है। छऊ नृत्य का आयोजन इन तेरह दिनों तक विशेष रूप से किया जाता है। इस अवसर पर कई प्रकार के अनुष्ठान भी किए जाते हैं, जिनका संबंध छऊ नृत्य से भी होता है। ये तेरह भक्तगण विभिन्न समुदायों से चुने जाते हैं। एक समुदाय के भक्त को 'पाटभोक्ता' अर्थात् मुख्य भक्त बनाया जाता है।

परंपरा के अनुसार, पाट-ज्योतिष की राय से चैत्र मास में तेरह दिनों तक की अवधि निश्चित की जाती है। इन तेरह दिनों तक लगातार विभिन्न प्रकार के अनुष्ठान चलते हैं। छऊ नृत्य की मंचगत प्रस्तुति के करीब तेरह दिन पूर्व 'शुभघट' से लेकर 'कामनाघाट' तक आयोजित होनेवाले धार्मिक अनुष्ठानों में छऊ नृत्य की महत्ता को दरसाया जाता है। तेरह दिनों तक चलनेवाले अनुष्ठानों में शिव-शक्ति के अनुष्ठान ही मुख्य आकर्षण के विषय होते हैं। इसमें प्रधान 'यात्राघट' होता है। तेरह दिनों तक चलने वाले चैत्रपर्व छऊ नृत्य अनुष्ठान की शुरुआत 'शुभघट' से होती है। यह 'शुभघट' आरंभिक घट है, जो 'यात्राघट' के आठ दिन पूर्व घटित होता है। इसके आठवें दिन 'यात्राघट' उठाया जाता है। 'शुभघट' के दिन लाल कपड़े का झंडा निकाला जाता है, जो शिव और शक्ति अनुष्ठान के शुभारंभ का प्रतीक है। झंडे के साथ तेरह आम्रपल्लव बँधे होते हैं, जो तेरह समुदायों के प्रतीक होते हैं।

सरायकेला के तेरह समुदाय के प्रतिनिधि एक-एक भक्त आकर उस शुभघट की व्यवस्था करते हैं। यह 'शुभघट' मंगलमय शिव का प्रतीक है। इसे खरकई नदी से लाकर शहर के शिव मंदिर में रखा जाता है। इस 'शुभघट' के झंडे को प्रतिदिन नदी में लाया जाता है, जिसे तेरह भोक्ता नदी के जल से प्रक्षालित करते हैं और शिवमंदिर में रख देते हैं। नटराज शिव की इस तिकोनी पताका को 'जर्जर' कहा जाता है। 'जर्जर'

को विघ्ननाशक का प्रतीक माना गया है। छऊ नृत्योत्सव से पूर्व 'जर्जर ध्वज' निकाला जाता है। चैत्रपर्व में आठवें दिन 'यात्राघट' उत्सव मनाया जाता है। 'यात्राघट' की तैयारी पवित्र खरकई नदी के किनारे की जाती है। खरकई नदी में स्नान तथा भगवान् शिव की आराधना के बाद भोक्ता को 'यात्राघट' ढोने के लिए तैयार किया जाता है। इसके साथ अन्य कई भक्तगण होते हैं। महाराजा आदित्य प्रताप सिंह के जमाने में तेरह भोक्तागण होते थे, जो दिन भर उपवास करने के बाद 'यात्राघट' के साथ-साथ नदी से आते थे।

'यात्राघट' द्वारा शिव का अनुष्ठान किया जाता है। शिव के तांडव रूप का स्मरण किया जाता है। 'यात्राघट' के बाद दूसरा महत्त्वपूर्ण अनुष्ठान 'वृंदावनी' है। 'वृंदावनी घट' नामक अनुष्ठान के द्वारा रामभक्त हनुमान के लंका प्रवेश की घटना का अभिनय किया जाता है। अशोक वाटिका का दृश्य, हनुमान द्वारा अशोक वाटिका का तहस-नहस करना, उनकी पूँछ में आग का लगाया जाना 'वृंदावनी घट' के माध्यम से दिखाया जाता है। इस कार्यक्रम में बच्चे भी आनंद लेते हैं। छऊ नृत्य महोत्सव आरंभ होने के पूर्व तीसरी रात को 'वृंदावनी घट' संपन्न होता है। 'वृंदावनी' के बाद 'गरियाभर' का प्रदर्शन किया जाता है। यह अनुष्ठान कृष्ण और गोपियों के संबंध का प्रतीक है। गरियाभर के बाद 'कालिकाघट' का अनुष्ठान होता है, जो माँ काली की आराधना है। चैत्रपर्व अनुष्ठान का अंतिम घट है 'कामनाघट'। इस अनुष्ठान में छऊ-नृत्य की सफलता की कामना की जाती है अर्थात् 'यात्राघट' छऊ नृत्य के आरंभ वाला अनुष्ठान है और 'कामनाघट' में छऊ नृत्य की सफलता के लिए कामना की जाती है। कामनाघट को 'पाट' भी कहा जाता है।

सारे धार्मिक अनुष्ठानों के उपरांत भोक्तागण जनता के समक्ष नृत्य प्रस्तुत करते हैं। सद्‌भावना और भक्ति के प्रवाह का संचार होता है और इसी के साथ छऊ नृत्य आरंभ हो जाता है। उपर्युक्त अनुष्ठानों में दुर्ग-

परिसर स्थित रघुनाथ मंदिर का व्यापक महत्त्व होता है। भज्जनघट से लेकर शिव मंदिर जाने के क्रम में सभी घट खरकई नदी से दुर्गा परिसर में स्थित रघुनाथ मंदिर जाते हैं एवं आराधना करते हैं।

स्पष्ट है कि छऊ नृत्य उत्सव का चैत्रपर्व से गहरा संबंध रहा है। चैत्रपर्व का आयोजन ही छऊ नृत्य के लिए किया जाता है। सरायकेला के महाराजाओं की भूमिका तो सदैव निर्णायक एवं महत्त्वपूर्ण रही है। राजा और आम जनता के बीच चैत्रपर्व छऊ नृत्य आयोजन के दौरान दूरियाँ समाप्त हो जाती थीं। सामाजिक सद्भाव एवं लोकसंस्कृति का भाव शीर्ष पर होता था। चैत्रपर्व एवं छऊ नृत्य उत्सव शासन एवं समाज के बीच सौहार्द बढ़ाने के साथ-साथ शांति एवं सद्भावना का संदेश देता है।

चक्रधरपुर में छऊ नृत्य सह मेला : चक्रधरपुर में रामनवमी के अवसर पर ओटार गाँव में तीन दिवसीय छऊ नृत्य सह मेले का आयोजन होता है। छऊ नृत्य में महिला मंडलियाँ भी खरसावाँ शैली का नृत्य पेश करती हैं। आसपास के कलाकार इसमें भाग लेते हैं। काफी संख्या में लोग जुटते हैं। छऊ नृत्य की कुछ विशेष शैलियों में चालन, धावन, उछलन, चक्रन, घोलटन और थिरकन; ये छह मुद्राएँ देखने लायक होती हैं।

काली पूजा मेला

खरसावाँ के पद्मपुर में काली पूजा के अवसर पर सात दिवसीय काली मेले का आयोजन किया जाता है। माँ काली की प्रतिमा विसर्जन के साथ मेले का समापन होता है। इस मेले में विभिन्न राज्यों से भक्त आते हैं। माँ की पूजा-अर्चना करते हैं और फिर मेले का आनंद लेते हैं। यहाँ भक्त अपनी मनोकामना पूरी होने पर काली के दरबार में बकरे की बलि भी देते हैं। काली के दर्शन के लिए श्रद्धालु खरसावाँ, कुचाई, राजनगर, खूँटपानी, सरायकेला, गम्हरिया, चक्रधरपुर, चाईबासा, बडाबम्वो सहित पूरे झारखंड, बिहार, ओडिशा से लोग आते हैं। कहा जाता है कि पद्मपुर

में देवी की स्थापना सन् 1897 में हुई थी। यह मेला प्रत्येक वर्ष काली पूजा के अवसर पर लगता है। लोगों का विश्वास है कि सच्चे मन से देवी माँ काली के दरबार में जो भी भक्त माँगता है, उसकी मुराद जरूर पूरी होती है। मनोकामना पूर्ण होने पर लोग बकरे की बलि चढ़ाकर देवी को प्रसन्न करते हैं।

पाउड़ी मंदिर का मेला

चक्रधरपुर में पाउड़ी मंदिर में पाँच दिवसीय मेला अप्रैल में लगाया जाता है। माँ पाउड़ी की पाँच दिवसीय पूजा में पाँच घट लाए जाते हैं। इसका शुभारंभ शुभ घट मंदिर आने के साथ ही 5 दिवसीय पाउड़ी मेले का शुभारंभ हो जाता है। मेले में यात्रा घट निकाला जाता है। अगले दिन वृंदावन घट। इसके बाद गोरिया भार घट और फिर कालिका घट लाया जाता है। पाँच दिवसीय पाउड़ी मेले के अंतिम दिन 11 हाथ लंबे आग के गड्ढे में जलते अंगारों पर पुरुष व महिला भक्त चलते हैं। काँटे के वृक्ष पर लेटने के साथ ही मेले का समापन होता है। मेले की रात्रि में छऊ नृत्य का आयोजन किया जाता है। रात्रि जागरण में भक्तों की भीड़ उमड़ती है। यहाँ विभिन्न राज्यों से और झारखंड के कोने-कोने से लोग आते हैं। माँ पाउड़ी को पोड़ाहाट राजा अर्जुन सिंह इष्ट देवी के रूप में पूजते थे।

□

दरगाहों पर लगने वाले मेले

बाबा रिसालदार का मेला

झारखंड की सरजमीं राँची के डोरंडा चाँदमारी मैदान स्थित सूफी संत बाबा कुतुबुद्दीन शाह रिसालदार की दरगाह शरीफ है। हरे रंगों से रंगी दरगाह लोगों को आकर्षित करती है। काफी बड़ी और फैली हुई जगह है। यहाँ दूर-दूर से हर धर्म के लोग अपना दुःख-दर्द अपनी जरूरतों को पूरा करने की उम्मीद लिए अकीदत मंदों की भीड़ आए दिन यहाँ देखने को मिलती है। इस दरबार में आने के बाद यहाँ अकीदत के फूल चढ़ाते हैं और दुआ माँगते हैं। कहते हैं कि यहाँ उनकी दुआ कबूल भी होती है।

यहाँ सन् 1808 से लगातार प्रत्येक साल भव्य तरीके से उर्स का आयोजन मजार परिसर में इसलामी कैलेंडर के अनुसार 14 और 15 रबिलअव्वल के महीने में किया जाता है। यहाँ कव्वाली का भी आयोजन होता है, जिसमें मुंबई के कव्वालों को बुलाया जाता है। इस मौके पर सिर्फ राज्य ही नहीं, पूरे देश से श्रद्धालुओं की भीड़ होती है। कहते हैं कि बाबा रिसालदार आज से लगभग दो सौ साल पहले अंग्रेजी हुकूमत के साथ उनकी पलटन में आए थे। बाबा फौज में रिसालदार के पद पर प्रतिष्ठित थे।

इसी कारण बाबा रिसालदार के नाम से मशहूर हुए। बाबा फौजी हुकूमत के दौरान रोजा, नमाज पूरी पाबंदी के साथ करते थे। वे वर्तमान में जैप वन में जामा मसजिद में ही घंटों इबादत में लगे रहते थे। बाबा

सिर्फ फौज के ही काम में नहीं रहते, बल्कि धार्मिक, सामाजिक कामों में भी लगे रहते थे। कमजोर, असहायों, जरूरतमंदों की मदद बढ़-चढ़कर करते थे। जैसे-जैसे इनकी बुजुर्गी 'ख्याति' फैली, श्रद्धालुओं की भीड़ बढ़ती चली गई और आज यह आलम है कि यहाँ हर रोज सैकड़ों और उर्स के समय हजारों की भीड़ होती है। यहाँ हर मजहब के लोग आते हैं। रिसालदार के अनेक कारनामे लोग आज भी बयान करते हैं।

एक घटना के अनुसार एक बार एक कोढ़ पीड़ित मरीज इलाज के बाद भी ठीक नहीं हुआ तो उसे अजमेर ले जाया गया। वहाँ एक सूफी फकीर ने उसे बाबा के पास जाने के लिए कहा। यहाँ आने के बाद उस लाइलाज बीमारी को बाबा ने ठीक कर दिया। इसी के साथ बाबा की बुजुर्गी लोगों के सामने आई, लेकिन बाबा का परदा (इंतकाल) हो गया। देहांत के बाद बाबा की वसीयत के अनुसार, उनकी पत्नी और बाबा के करीबियों, अनुयायियों ने उन्हें डोरंडा चाँदमारी मैदान में एक विशाल पीपल वृक्ष के पास दफना दिया।

आज यहाँ एक विशाल मजार बन गई है, साथ ही मसजिद भी है। एक तालाब भी है। मजार परिसर में हर साल लगनेवाला उर्स झारखंड का सबसे बड़ा उर्स है। इस उर्स में अंग्रेजी हुकूमत के समय में मजार पर सरकारी चादर चढ़ाई जाती थी। आजादी के बाद सिलसिला खत्म हो गया। अलग राज्य बनने के बाद यहाँ राज्यपाल, मुख्यमंत्री व अन्य संगठनों द्वारा चादर चढ़ाई जाती है। पुराने लोगों का कहना है कि सन् 1956 में भारत के प्रधानमंत्री जवाहर लाल नेहरू जब छोटानागपुर आए तो वे भी बाबा रिसालदार के दरबार में हाजिरी लगाने गए।

पौष पूर्णिमा पर लगता है मेला

गिरिडीह जिले के जमुआ प्रखंड मुख्यालय से सात कि.मी. दूर देवघर मुख्यमार्ग के किनारे खड़गडीहा में स्थित लंगटा बाबा की समाधि

पर सभी धर्म के लोगों की अटूट श्रद्धा है। यहाँ धर्म का भेद मिट जाता है। यहाँ हर रोज हिंदू-मुसलिम, सिख ईसाई सभी धर्मों के लोग आकर अपना माथा टेकते हैं, लेकिन प्रत्येक वर्ष पौष पूर्णिमा के दिन यहाँ भक्ति व आस्था का जन सैलाब उमड़ पड़ता है। विभिन्न राज्यों के श्रद्धालु चादरपोशी करने यहाँ पहुँचते हैं। इन्हें झारखंड का कबीर कहा जाता है।

संत लंगेटश्वरी बाबा उर्फ लंगटा बाबा ने 25 जनवरी, 1910 को महासमाधि में प्रवेश किया था। तब से लेकर अब तक बाबा के भक्तों की संख्या में काफी इजाफा हुआ है। लंगटा बाबा के खड़गडीहा आगमन के बारे में कहा जाता है कि सन् 1870 के दशक में नागा साधुओं की एक टोली के साथ वे यहाँ पहुँचे थे। उस वक्त खड़गडीहा परगना हुआ करता था। कुछ दिन के पड़ाव के बाद नागा साधुओं की टोली अपने गंतव्य की ओर रवाना हो गई, लेकिन एक साधु थाना परिसर में ही नंगधड़ंग अवस्था में धूनी रमाए बैठा रहा। कालांतर में अपने चामत्कारिक गुणों के कारण यही साधु लंगटा बाबा के नाम से विख्यात हुआ।

बाबा की अद्भुत शक्तियों के बारे में बताया जाता है कि एक दिन एक कुत्ता इनके पास आया। उसका शरीर जख्मों से भरा हुआ था। शरीर से बह रहे मवाद को देखकर उन्होंने उसके पास कुछ फेंका और कहा ले महाराज तें भी खा ले। उसके बाद कुत्ता पूरी तरह निरोग हो गया।

लंगेटश्वरी बाबा सिर्फ पीड़ित मानवता के लिए ही नहीं, बल्कि समस्त प्राणियों के लिए दया की मूर्ति थे। उनके समय में एक बार खड़गडीहा में भयंकर रूप से प्लेग रोग फैला। लोग अपने-अपने घरों को छोड़कर भागने लगे। बाबा के सेवक भी भागने की तैयारी में थे। तभी उन्होंने कहा, देखो घर दवाओं से भरा है। इसके बाद क्षेत्र में प्लेग रोग समाप्त हो गया था।

कहते हैं कि श्रद्धालुओं से प्राप्त खाने-पीने या अन्य सामानों को उनके स्वीकार करने के तरीके भी नायाब थे। बाबा जिसे स्वीकार नहीं

करते? उसे ठंड़ी करो महाराज की आज्ञा के साथ एक कुएँ में फिंकवाते थे। वह कुआँ आज भी समाधि परिसर में है। वर्ष 1910 में पौष पूर्णिमा के दिन जीव आत्माओं के साधक संत लंगटा बाबा ने अपने भौतिक शरीर का त्याग किया था। उस वक्त क्षेत्र के हिंदू एवं मुसलमानों को ऐसा लग रहा था कि उनका सबकुछ लुट गया। बाबा के शरीर के अंतिम संस्कार के लिए भी दोनों समुदाय के लोग आपस में उलझ पड़े थे। बताते हैं कि तब क्षेत्र के प्रबुद्ध लोगों ने विचार-विमर्श के बाद दोनों धर्म के रीति-रिवाज से अंतिम संस्कार किया था। उसके बाद से प्रत्येक वर्ष पौष पूर्णिमा के दिन यहाँ मेला लगता है। मेले में उमड़ने वाली भीड़ को देखकर सहज ही अनुमान लगाया जा सकता है कि पीड़ित मानवता की रक्षा करनेवाले संत आज भी आमजनों के दिल में जीवित हैं।

मजार पर पहली चादर जमुआ थाने की चढ़ाई जाती है। इसके बाद ही हिंदू-मुसलिम साथ-साथ चादरपोशी, फातिहा और पूजा करते हैं। यहाँ पर सुखदेव पूजा कराते हैं तो फरीदी फातिहा। इस मौके पर मेला भी लगता है, जो मिर्जागंज से लेकर गौशाला खड़गडीहा तक दो कि.मी. पर लगता है। इस मौके पर जो भंडारा होता है, उसमें शुद्ध घी का उपयोग होता है। आयोजन के लिए यहाँ कोई निर्वाचित समिति नहीं है। सबकुछ दोनों समुदाय मिलकर करते हैं।

हिंदू बाबा को जहाँ सिद्ध संत मानते थे, वहीं मुसलिम सिद्ध फकीर। यही कारण है कि समाधि स्थल पर हिंदू-मुसलिम समेत अन्य धर्मों के लोग भी चादरपोशी करते हैं। समाधि की तिथि के दिन झारखंड, बिहार, बंगाल, ओडिशा, यू.पी. आदि राज्यों के श्रद्धालु खड़गडीहा पहुँचते हैं और चादरपोशी कर मन्नतें माँगते हैं।

यहाँ पौष पूर्णिमा के अवसर पर मेला लगता है। इस मौके पर हजारों की संख्या में लोग चादरपोशी करते हैं। महाप्रसाद खिचड़ी वितरण के बाद मेले का समापन होता है।

ख्वाजा गरीब नवाज का उर्स

हुसैनाबाद अनुमंडल क्षेत्र में ख्वाजा गरीब नवाज़ का उर्स लगता है। इस मौके पर हुसैनाबाद के इसलामगंज, लंबी गली के अलावा हैदरनगर के भाई बिगहा, मसजिद मुहल्ला, कबरा खुर्द, कररिया के अलावा विभिन्न मुसलिम बाहुल्य गाँवों में देग का फातेहा किया जाता है और आम लोगों में वितरित किया जाता है।

शाहपुर में हजरत हाशिम शाहदाता का उर्स

पलामू, चैनपुर के शाहपुर स्थित हजरत हाशिम शाह वली शाहदाता रहमतुल्लाह अलैह की मजार पर दो दिवसीय सालाना उर्स लगता है। उर्स के पहले दिन मजार परिसर में कुरान ख्वानी, मिलाद-शरीफ, फातेहाख्वानी व चादरपोशी की जाती है। दाता की मजार पर चादर चढ़ाने को लेकर शाहपुर चौनपुर समेत शहर, आसपास के ग्रामीण क्षेत्र व दूर-दराज के हजारों अकीदतमंद आते हैं। चादरपोशी कर फातेहा पढ़ते हैं। दुआएँ व मन्नतें माँगते हैं। कव्वाली का कार्यक्रम भी होता है।

हजरत अंजान शाह बाबा का उर्स

कोडरमा जिले के गोमो में शहीद गढ़ा स्थित मिल्लत निजामियाँ कमेटी द्वारा हजरत अंजान शाह बाबा का उर्स मुबारक काफी धूमधाम के साथ मनाया जाता है। इस दौरान काफी संख्या में अकीदतमंद चादरपोशी करते हैं। शानदार कव्वाली का प्रोग्राम होता है। इस दौरान लंगर का आयोजन किया जाता है।

उर्स मेला

दुमका जिले के शिकारीपाड़ा-ढाका में चैत के महीने में बँगला पंचांग की 5 तारीख से तीन दिनों का फतेहअली शाह की दरगाह पर मेला

लगता है। यहाँ आकर लोग मन्नतें माँगते हैं। चादरपोशी करते हैं। मुसलिम के अलावा दूसरे समुदाय के लोग भी मेले में शिरकत करते हैं।

मुहर्रम मेला

गोड्डा जिले के महगामा प्रखंड के गोर गाँव में मुहर्रम के महीने में एक दिवसीय मेला लगता है। मेले में आसपास के लोग काफी जुटते हैं।

□

संदर्भ ग्रंथ

1. झारखंड : इतिहास एवं संस्कृति—डॉ. बी. वीरोत्तम, बिहार ग्रंथ अकादमी, पटना
2. हो लोक कथा : एक अनुशीलन—डॉ. आदित्य प्रसाद सिन्हा, विकल्प प्रकाशन, दिल्ली
3. झारखंड दर्पण : राघव शरण शर्मा एवं विक्रमादित्य राय, मनोहर पब्लिशर्स एंड डिस्ट्रीब्यूटर्स, दिल्ली
4. हो भाषा और साहित्य का इतिहास—डॉ. आदित्य प्रसाद सिन्हा, विकल्प प्रकाशन, दिल्ली
5. झारखंड के पर्व-त्योहार, मेले और पर्यटन स्थल—संजय कृष्ण, प्रभात प्रकाशन, दिल्ली
6. पलामू : संजीव चट्टोपाध्याय का ऐतिहासिक यात्रा वृत्तांत—संपादक—संजय कृष्ण, विकल्प प्रकाशन, दिल्ली
7. ऐसे हुआ हूल—आर. कार्सटेयर्स, प्रभात प्रकाशन, दिल्ली
8. झारखंड, इनसाइक्लोपीडिया—संपादक—रणेंद्र-सुधीर पाल, वाणी प्रकाशन, नई दिल्ली
9. झारखंड में 1857 की क्रांति का इतिहास—अशोक कुमार मंडल, आयुष्मान पब्लिकेशन, नई दिल्ली

पत्र-पत्रिकाएँ

आदिवासी साप्ताहिक, दैनिक जागरण, प्रभात खबर, पंचायतनामा

□□□